잉걸불

잉걸불

김성한 수필집

그랭이질

지난해 추석 때입니다. 고향 마을 뒤 부모님 산소에 성묘를 마친 뒤 어릴 적 내가 살던 집에 들렀습니다. 집 꼴이 말이 아니었습니다. 벽은 곧추서 있지도 못하고 비스듬했습니다. 안방은 거미들이 씨줄 날줄을 그려 놓았습니다. 그 꼿꼿하던 기둥이 노인 등허리처럼 구부정했습니다. 할아버지가 거처하던 사랑채는 더했습니다. 기둥은 나동그라졌고 주춧돌만 남았습니다. 그런데 이상했습니다. 주춧돌 바닥이 울퉁불퉁했습니다. 주춧돌이라면 으레 바닥이 판판한 줄 알았는데.

기둥 밑동을 보니 고르지 못한 돌바닥에 맞춰 그랭이질을 해 놓았습니다. 돌의 생긴 모양에 맞춰 기둥 밑부분을 다듬는 것을 '그랭이질'이라고 합니다. 할아버지의 할아버지 때부터 살던 집이 지금까지 그나마 모양새를 갖추고 있는 것은 저 울퉁불퉁한 주춧돌에 맞게 기둥을 그랭이질해 놓은 덕분이라는 생각이 들었습니다.

저는 어머니가 일찍 돌아가시고 집이 가난하여 학교를 제대로 다니지 못했습니다. 어린 시절 나는 왜 남들처럼 교복을 입고 학교에 다니지 못하느냐고 불평불만을 했습니다. 방황도 했습니다. 부모님 속을 썩인 적도 많았습니다.

문득 고르지 못한 돌에 맞춰 그랭이질한 저 기둥을 닮았더라면…. 회한이 밀물처럼 몰려왔습니다.

다행히 뒤늦게라도 수필을 배우고 나니 바닥이 판판하지 못한 돌도 그랭이질하기에 따라 좋은 주춧돌이 될 수 있다는 걸 깨달았습니다.

제 비록 가방끈이 짧아 바탕은 고향집 주춧돌처럼 울퉁불퉁하지만, 나름 공을 들여 그랭이질한 수필집 『잉걸불』을 펴냈습니다. 지난번 『민얼굴이 향내가 더 난다』에 이어 세 번째입니다. 글솜씨가 어설픕니다. 하지만 저의 이야기가 누군가에게는 빨간 잉걸불에서 갓 구워낸 고구마 맛 같은 삶으로 그랭이질할 수 있다는 희망의 씨앗이 되었으면 좋겠습니다.

2014년 1월
김 성 한

■ 차례

제2부 오! 해피 버스(bus)데이

제3부 능소화가 웃는 이유

제4부 하필 그날

제5부 산골 아이들

제 1 부
남자, 달을 품고 자다

잠이 오지 않는다.
잠을 청해 보려고 돌아누웠다.
돌아눕는 나를 따라 하현달이 다가온다.
홧김에 불쑥 떠났지만 남편을 걱정하는 아내 얼굴이
달 속에 숨었다.
눈가에는 잔주름이 가득하다. 머리도 희끗희끗하다.
삼십수 년 전 홍조 띤 새색시 얼굴은 다 어디가고….
와락 달을 가슴에 품었다.
"마눌님, 이제라도 마음의 옹이를 빼줄 테니 빨리 오세요."
폐경 남자, 그렇게 다짐하다 달을 품고 잤다.

메줏덩어리 그 친구

숨어버린 하얀 기억을 더듬는 일은 즐겁다.

아득한 유년 시절이나 청소년 시절의 때묻지 않은 추억은 더욱 그렇다. 친구들과 학교 앞 골목 중국집에서 먹어본 자장면 맛도 잊을 수가 없다.

두어 달 전이었다. 길을 가다 우연히 초등학교 짝꿍이던 남식이를 만났다. '000성'이라고 중국의 성벽 이름을 딴 중국 음식점 앞에서 부딪쳤다. 처음에는 서로 얼굴을 몰라봤다. '어디서 많이 본 얼굴인데, 그냥 누굴 닮은 사람인가?' 하며 지나쳤다. 한참을 가다 돌아보니 그도 나를 빤히 쳐다보고 있었다. 그때서야 퍼뜩 생각이 났다. 어릴 때 한마을에 살던 남식이였다.

"어이! 메줏덩어리." "야, 짱구!"

누가 먼저랄 것도 없이 이름보다 별명이 툭 튀어나왔다. 남식이는 고향에서 같이 자란 불알친구다. '메줏덩어리'라는 별명답게 그의 얼굴은 네모지고 울퉁불퉁하게 생겼다. 그가 싸오는 도시락 반찬은 언제나 날된장에다 달랑 무김치 하나뿐이었다. 그래서인지 그의 검정 책보에는 늘 된장 자국이 묻어 있었다. 냄새도 지독했다.

돌림병이 돌던 어느 해 여름, 그의 아버지는 약 한 첩 제대로 써보지 못하고 하늘나라로 가버렸다. 그의 나이 일곱 살 때였다. 어머니마저 재 너머 돈 많은 홀아비에게 재가(再嫁)하는 바람에 그는 큰아버지 댁에 얹혀살게 됐다. 큰아버지 댁도 애옥살이 시골살림인지라 끼니조차 잇기 어려웠다. 형편이 그러하니 상급학교 진학은 언감생심 꿈도 꾸지 못했다. 그는 초등학교만 겨우 졸업하고 도회지로 나갔다. 나 또한 그무렵 고향을 떠나왔다. 그 이후로 소식조차 모르던 친구를 몇십 년 만에 다시 만난 것이다.

남식이는 자기 가게라며 식당 안으로 들어가잔다. 붉은 벽돌에 담쟁이넝쿨로 뒤덮여 있는 건물 외벽과는 달리 식당 내부는 정갈하게 꾸며 놓았다. 땡똥! 이곳저곳에서 주인을 부르는 버저 소리가 들리고, 주방에는 불꽃이 활활 타오르고 있다. 웃음소리, 콧물 훌쩍이는 소리, 자장면 먹는 소리로 널따란 식당이 시끌벅적하다. 그냥 앉아 있기가 뭣해서 일어서는 나를 주저앉히더니 조금만 기다리란다. 한 시간쯤 지나고 나니 사람들이 썰물처럼 빠져나간다. 이윽고 환한 얼굴로 다가서는 남식이, 참 오랜만에 본다. 햇수로는 근 반세기가 가까워져 온다.

"여보 내가 가끔 얘기하는 고향 친구가 왔어요."

카운터에 앉아 있는 그의 아내를 불러 인사까지 시킨다. 그는 고향 마을을 떠나온 그해, 먼 친척뻘 아저씨가 운영하는 중국집 배달부로 취직했다고 한다. 지금처럼 오토바이가 없던 시절이라 가까운 길은 뚜벅뚜벅 걸어서 배달하고, 먼 길은 자전거로 그 무거운 철가방을 날랐단다. 한겨울 칼바람 부는 날이면 손발이 얼어 동상이 걸린 적도 있었다며 신고 있는 양말을 벗어 보여준다. 푸르뎅뎅한 동상 자국이 아직 선명하게 남아 있다.

그러면서도 음식 조리 기술을 배우려고 주방에 잔뜩 눈독을 들인 모양이었다. 어릴 때부터 손으로 만지는 일 하나는 남 못지않게 잘하던 남식이지만, 쉽게 주방에 들어갈 순 없었단다. 주방장 아저씨의 매서운 눈초리가 문고리를 틀어잡고 있었기 때문이다. 여기서 그의 악바리 근성이 나타난 모양이다. 주방장의 감시 눈초리를 피해 들며 날며 눈동냥으로 실습을 해보다가 한밤중에 불을 낼 뻔했고, 그 때문에 주인아저씨께 된통 야단을 맞고 쫓겨날 뻔한 적도 있었다고 했다. 그렇게 조리 기술을 익히고 배워 지금의 중국집으로 거듭났단다.

"짱구, 한 잔 들어라."

웃으며 얘기하는 그의 눈가가 촉촉하게 젖어 있다. 콧등이 시큰해 왔다. 자식들의 소식이 궁금해서 물으니 갑자기 목소리에 힘이 실리고, 얼굴에 화색이 돌았다. 아들과 딸, 남매를 두었단다. 아들은 유명 대학을 나와 국내 굴지의 회사에 다니고 있고, 딸은 사범대학을 나와서 중학교 선생을 하고 있다고한다. 그러면서 "이 못난 애비가 미안하지 뭐…"라고 덧붙였다. 문득 지난 설날에 본 '아버지가 미안하다'라는 TV 드라마가 떠올랐다. 젊었을 때에는 중국집 철가방 맨으로, 거리청소부로 고생했고, 노년에는 퀵 서비스 일을 하고 있는 50·60세대들의 애환을 그린 내용이었다.

음식점 건너편 한옥 추녀 밑에는 메주가 주렁주렁 매달려 있다. 짚으로 만든 새끼에 목을 매단 채 메주 꽃이 활짝 피었다. 새하얀 메주 꽃은 깊은 장맛을 내어 준다. 장맛이 좋지 않으면 아무리 싱싱한 채소와 맛있는 고기를 넣은들 제맛이 나지 않는다. 세상에서 이처럼 신비롭고 고마운 꽃이 있을까. 문득 한겨울 매서운 눈보라 속에서도 철가방을 들고 뛰어다닌 덕에 지금은 하얀 메주 꽃처럼 알토란 같은 자식들을 두었다는 생각이 들었다.

남자, 달을 품고 자다

이놈의 잠 신경도 아내가 가출(?)한 줄 아나 보다.

퍼뜩 눈이 뜨인다. 벽시계를 보니 새벽 세 시가 조금 넘었다. 엊저녁 잠이 오지 않아 늦게 잠자리에 들었는데도 벌써 잠을 깨다니. 텅 빈 아내 자리 위로 하현달이 친구하자며 살금살금 다가온다. 용하긴 용하다. 육순을 넘긴 초로(初老)의 남자인지를 어떻게 알고 친구로 사귀자는 건가. 하긴 초승달, 상현달, 보름달을 거쳐 등허리가 활처럼 휘어진 하현달이니 사람 나이로 치면 육십 대쯤 되었을 게다. 친구 삼아도 되리라.

어제 아침이다. 아내가 느닷없이 서울 아들네 집에 다녀오겠다며 짐을 꾸리고 있었다. 그 안날 저녁밥을 차려놓지 않았다고 꽥 소리를 지른 것이 섭섭했던 모양이다. 모처럼 초등학교 동창모임에 나갔다가 조금 늦게 온 걸 가지고 냅다 소리까지 질러버렸으니.

"나도 내년이면 나이 육십인데, 어쩌다 한 번 늦은 걸 가지고"라며 투덜대더니 훌쩍 떠나 버렸다. 언제 온다는 말도 하지 않고 가버렸다. 전에는 그러하지 않았다. 하루만 아니 한 나절만 집을 비워도 전화를 했다. '국은 어디에 끓여 놓았고, 밥은 어디에 있으며, 냉장고 반찬통에는 무엇이 들어 있다.'며 조곤조곤 설명하던 아내였다. 그런 아내가 눈을 하얗게 흘기며 나가 버렸다. 전화도 받지 않는다. 그나저나 당장 아침밥이 걱정이다. 어디에 뭐가 있는지조차 모른다.

"남자가 정지(부엌)에 들어가면 고추가 떨어진다." 어릴 적 많이 들었던 말이다. 그래서인지 할아버지도, 아버지도 부엌에 들어가는 모습을 본 적이 없다. 굶었으면 굶었지 남자들은 부엌에 들락거리지 않았다. 그러한 유전인자를 물려받아서인가, 나 또한 웃어른들 행태와 별반 다르지 않다. 아침 식사는 천생 라면으로 때우는 수밖에.

나는 가난한 집안의 오 남매 장남으로 태어났다. 물려받은 거라곤 동생 건사하는 일과 제사밖에 없었다. 제사만 해도 그렇다. 부모 내외분에다 서모(庶母) 기제사, 명절 차례까지 합하면 일 년에 조상 모시는 일만 해도 다섯 번이나 되었다. 제사 음식을 장만하려면 아내는 며칠 전부터 바빴다. 큼지막한 장바구니를 들고 낑낑거리며 제수(祭需)를 사다 날랐다. 그래도 나는 무심했다. 걱정도 하지 않았다. 당연히 그 몫은 아내가 해야 하는 줄 알았다. 제사지내는 날 저녁, 나물 다듬고 어적 굽느라 허리 한번 펴지 못하는 아내 옆에서 나는 리모컨을 들고 TV 채널을 돌렸다. 겨우 지방(紙榜)이나 쓰고, 다 차려 놓은 제사상을 격식에 맞게 진설(陳設)하는 정도였다. 제사도 자시(子時)인 한밤중에 지냈다. 그런 이튿날이면 아내는 어김없이 몸살이 났다. 며칠씩 드러눕는 날도 있었다. 그래도 아내는 별 불평을 하지 않았다. 그냥 없는 집 맏이에게 시집온 복 없는 여인의 운명이려니 했다. 적어도 내가 직장에 다닐 때까지는 그랬다.

그런 아내가 어느 날부터인가 달라지기 시작했다. 퇴직하고 한 육 개월쯤 지난 뒤부터이다. 직장에 몸담고 있을 때에는 술이 곤죽이 되도록 마시고 들어와도 별말이 없었다. 모든 걸 줄 세우는 경쟁사회에 내던져진 저 양반. 나이나 젊나, 얼마나 불안하고 고단할까 하는 눈치였다. 그런 남편이 퇴직하고 온종일 집안에만 붙어 있다 보니 부딪히는 일이 많았다. 나이가 들면 쫀쫀해진다는 말이 맞는가. 나도 모르게 사사건건 잔소리가 많아졌다. '똥 방귀 뀐 놈이 먼저 성낸다.'고 어떤 때에는 내가 잘못하고도 아내를 원망한 적도 있었다. 아내도 이제는 전처럼 가만히 듣고만 있지 않았다. 말대꾸하는 소리가 날로 커졌다. 언젠가 처형·처제가 모인 자리에서 아내의 하소연 소리를 몰래 들은 적이 있다.

"아랫방에 자는 저 화상, 퇴직하고 나니 왜 그렇게 쪼잔한지 모르겠다. 시시콜콜 따지는 것은 말할 것도 없고, 얼마나 잔소리를 해대는지. 어떤 때는 소리까지 꽥 질러요. 기차 화통을 삶아 먹었는지. 북어라면 방망이로 두들겨 패기라도 하지. 그럴 수도 없고."

남자는 35세부터 남성호르몬이 매년 1% 준다고 한다. 내 나이 60대 중반이니 30%는 줄었다는 계산이 나온다. 그래서인지 기억력도 전 같지 않다. 성욕은 말할 것도 없고, 이유 없이 우울할 때가 있다. 눈물도 많다. 슬픈 노래나 시(詩)라도 한 소절 들으면 나도 모르게 눈물이 그렁그렁 맺힌다. 외로움도 잘 탄다. 지금껏 일에만 매달려 왔기 때문인가, 속내를 털어놓을 마땅한 친구도 없다. 가끔 뼈저리게 외롭다는 생각이 들 때도 있다. 사소한 일에도 잘 삐친다. 아내와 다투고 나면 오래 간다. 젊었을 적 부부싸움은 반나절이면 종전(終戰)이 되었다. 그것도 서로 상대방 기분 도수가 몇 도인지 살펴가며 싸웠다. 그러나 지금은 며칠 간다. 어느 책을 보니 여자 나이 오십이 넘어 폐경기에 이르면 이런 증상이 나타난다고 한다. 그러면 남자인 나에게도 폐경기 증상이 있다는 말인가.

지난여름 고향 마을 앞 느티나무 밑동에 옹이가 박혀 있는 걸 본 적이 있다. 옹이는 자라면서 비바람에 나무가 꺾이거나 낫이나 톱에 잘려나간 상처 자국이다. 곧은 나무보다 등 굽은 노거수(老巨樹)에 옹이가 많이 박혀 있다. 사람도 험한 일을 했거나 나이가 든 사람일수록 옹이가 많다. 팔다리 곳곳에 시커먼 흉터 자국이 무슨 훈장처럼 남아 있다. 그러나 마음고생을 많이 한 사람들의 옹이는 겉으로 드러나지 않는다. 팔다리에 나 있는 상처 자국이면 수술로 떼어내기라도 하지만, 마음의 옹이는 떼어내지 못한다. 아내도 남편 잘못 만난 죄로 마음의 옹이가 많이 박혀 있으리라.

저 멀리 산골짜기 소쩍새 우는 소리가 들린다. 풀벌레 소리도 들린다. 윙윙 바람 소리도 들린다. 잠이 오지 않는다. 잠을 청해 보려고 돌아누웠다. 돌아눕는 나를 따라 하현달이 다가온다. 홧김에 불쑥 떠났지만 남편을 걱정하는 아내 얼굴이 달 속에 숨었다. 눈가에는 잔주름이 가득하다. 머리도 희끗희끗하다. 삼십수 년 전 홍조 띤 새색시 얼굴은 다 어디 가고…. 와락 달을 가슴에 품었다.

"마눌님, 이제라도 마음의 옹이를 빼줄 테니 빨리 오세요."

폐경 남자, 그렇게 다짐하다 달을 품고 잤다.

돼지감자

조붓한 골목시장에 일곱 색깔 봄 무지개가 떠 있다.

볼이 빨간 토마토, 노란 참외, 초록 빛깔의 미나리, 쑥, 달래 등 형형색색의 과일과 봄나물이 지천으로 널려 있다. 들녘의 과일도 야산의 풋나물도 적막함이 싫었을까. 사람 냄새나는 이곳까지 나들이했다.

이곳 장터에 나온 채소나 과일은 국내산이 대부분이다. 언젠가 들러본 백화점이나 마트와는 다르다. 그곳에는 중국이나 동남아 등지에서 온 채소들이 있었다. 심지어 남미의 칠레에서 온 청포도가 명찰 달린 유리통 속에서 숨을 죽인 채 누웠다. 채소도, 과일도 지구촌을 누비는 글로벌 시대의 세태를 따르는가.

난전에 좌판을 벌여놓고 푸성귀를 팔고 있는 노파의 눈길이 아내의 발걸음을 붙잡는다. '손자 놈 용돈이라도 쥐어 줄 요량으로 집 뒤 텃밭에서 기른 채소'라는 말에 아내의 눈가가 금세 발그스름해진다. 아내가 두릅과 미나리, 풋고추를 주문한다. 지문이 닳아 없어진 삭정이 같은 손으로 주섬주섬 담더니 풋고추 한줌을 덤으로 넣어 준다. 할머니 가게 끄트머리에는 뚱딴지, 일명 돼지감자가 봄 햇볕을 쬐고 있다. 늦은 가을에 나오는 돼지감자가 춘삼월인 지금, 장터 나들이를 했다. 남들이 장에 가니 거름지고 장에 가는 속없는 돼지감자인가.

돼지감자, 울퉁불퉁하게 생겼다. 참으로 못난이다. 눈알인지 입술인지 뭉툭한 것이 툭 튀어나왔다. 참외나 수박처럼 덩그런 받침대 위는 아니더라도 그 흔한 플라스틱 소쿠리 안에도 들어가 보지 못한 채 검정 비닐보자기를 깔고 앉았다. 척박한 땅에서 태어나 비료 한줌 제대로 얻어먹지 못하고 자란 것도 서러운데…. 이곳까지 와서도 홀대를 받고 있다니. 무엇보다 늙은이들이 잘 걸리는 당뇨병에도 고혈압에도 참 좋은 돼지감자인데.

두어 달 전이다. 초등학교 동기 모임에서 오랜만에 반가운 친구를 만났다. 그 옛날 혁명공약을 못 외운다고 변소 청소는 도맡아 하던 상길이었다. 시커먼 얼굴에 광대뼈가 툭 튀어나와 울퉁불퉁하게 생겼다고 별명이 '돼지감자'라고 놀림을 받던 친구였다.

돼지감자 상길이, 지금 생각해도 가슴이 짠하다. 그는 일찍이 아버지가 사고로 돌아가시자 어머니와 단둘이 살다가 어머니마저 재가(再嫁)하는 바람에 먼 친척뻘 되는 할아버지 댁에 얹혀살았다. 그 할아버지는 살림살이가 궁핍했다. 삼시 세끼 끼니조차 잇기 어려웠다. 형편이 그러하니 상급학교 진학은 언감생심 꿈도 꾸지 못했다.

도회지에서 고등학교 다니다 방학을 맞아 고향에 내려가면 상길이 등에는 늘 지게가 지어져 있었다. 꺼먼 교복 차림에 책가방을 든 우리를 보면 피할 만도 하건만 "나 지게고등학교에 다닌다. 얼마 안 있으면 지게대학에 다닐 게다."라며 웃으며 맞아주던 친구였다.

동기회 모임이 있던 그날도 보자마자 두 손을 내밀며 반갑게 맞이했다. 사람 좋게 웃는 모습은 어릴 때나 지금이나 마찬가지였다. 험한 일을 하면서 살아온 탓인지 나이보다 다소 늙었어도 심지(心地)는 맑아 보였다. 욕심 없는 순박한 얼굴에는 진심이 담겨 있었다. 출세했다고, 돈 좀 벌었다고 뻐기며 입에 침이나 튀기던 친구들과는 많이 달랐다. 그 친구 말마따나 "지게대학을 졸업하고 무얼 했느냐?"고 물으니 군에서 제대 후 이곳저곳 떠돌아다니다가, 한 서른 해 전부터 대구 큰 시장에서 채소장사를 한다고 했다. 시장통 국밥집에서 일하던 참한 색시를 만나 아들과 딸 삼 남매를 두었다고 했다.

지금은 모두 출가시키고 아내와 단둘이 재미나게 살고 있다며 예의 그 사람 좋은 표정으로 허허 웃는다. 불교 경전을 어쩌면 그렇게도 잘 외우는지. 독실한 불교 신자인 모양이다.

아내가 돼지감자 한 되박을 산다. 올해는 집 근처 빌려놓은 밭두렁에 심어보자며 주섬주섬 담더니 나더러 들고 가란다. 솔직히 나도 저 돼지감자를 샀으면 하고 은근히 바라던 참이었다. 이래서 부부는 닮는가 보다.

검정 비닐봉지 안의 돼지감자 하나를 꺼내어 깨물어 본다. 아삭아삭한 것이 맛이 쌉싸래하다. 여름철 자주 먹는 일반감자와는 또 다른 맛이다. 돼지감자에도 이런 맛이 있다니. 다시 한 번 비닐봉지 속 돼지감자를 내려다본다. 겉모양은 보잘것없어도 성인병에 좋다는 누런 돼지감자 위로 친구의 얼굴이 일렁거린다. 지게대학에 다닌다며 허허 웃던 상길이 얼굴이다.

배롱나무

처서가 지나니 모기 입뿐만 아니라 더위 입술도 삐뚤어졌다. 지난 한철 유난을 떨던 여름 꼬리가 간당간당한다. 산사 초입에 줄지어 서 있는 배롱나무 우듬지에는 어느새 가을이 살포시 걸렸다.

오늘은 일가붙이 네댓이 고향 선산에 벌초하기로 약속이 되어 있는 날이다. 그래서인지 다른 날보다 일찍 눈이 뜨인다. 벽시계 눈금이 새벽 5시를 가리키고 있다. 엊저녁에 TV 영화를 보느라 자정을 넘겨 잠자리에 들었건만, 이놈의 예민한 잠 신경이….

고향 가는 길은 언제나 마음이 설렌다. 이른 아침인데도 벌초하러 가는 차들로 도로가 꽤 붐빈다. 한 시간쯤 지났을까, 조붓한 샛길로 접어든다. 길옆 단아하게 자리잡은 고택 담장 너머로 배롱나무들이 꽃떨기를 매달고 있다. 나뭇가지를 담 너머로 드리운 채 바깥을 내다보는 배롱나무꽃. 그도 이 댁 양반집 마님처럼 늘 집안에만 갇혀 있다 보니 바깥세상이 궁금한 것인가.

지난여름은 가혹했다. 초여름부터 시작한 장마, 푹푹 찌는 무더위, 태풍이 몰고 온 물 폭탄, 어느 하나 그냥 지나가지 않았다. 그 모진 여름 날씨임에도 배롱나무는 화사한 꽃부리를 매달고 있다. 매끈한 나뭇가지 끝에는 붉은 꽃술이 조롱조롱 맺혔다. 저 여린 것이 휘몰아치는 비바람을 어떻게 견뎌 냈을까. 어느 시인의 시구(詩句)처럼 질곡의 모진 세월 속에서도 칠 남매 팔 남매 마디마디 열린 조롱박 같은 자식들을 길러낸 이 땅의 어머니들이 저 배롱나무가 아닐까.

저 멀리 참새미골 산소가 보인다. 시커먼 양철지붕이 반쯤 뜯겨나간 낡은 정미소 앞마당을 지나, 상엿집이 있던 길모퉁이를 돌아 산소에 오른다. 길섶에는 쑥부쟁이, 벌개미취가 지천으로 피었다.

이윽고 조상들이 잠들어 있는 산소 앞에 도착했다. 할아버지 내외분 산소 아랫쪽에 아버지 어머니가 누워 있다. '윙윙' 예취기 돌아가는 소리가 요란하다. 울산 사는 사촌 형님이 무덤 주위 잡풀을 깎고 있다. 참 부지런하다. 울산, 그 먼 곳에서 새벽같이 와서 벌초하고 있다니. 매년 벌초 때마다 그러하

듯이 사촌 형님과 동생들은 예취기를 돌리는 정식 이발사이
고, 나는 잘라낸 잡초를 대나무갈퀴나 낫으로 걷어내는 보조
이발사이다. 한 삼십 분 일을 했을까, 땀이 비 오듯이 흐른다.

'어설픈 일꾼님, 모기 입이 삐뚤어진다는 처서가 지났다고
우리를 얕보지 마세요. 아직도 힘은 있걸랑요.' 시샘 많은 초
가을 햇볕이 시위한다.

그렇게 더위와 싸워가며 한 벌초가 끝이 났다. 봉분이 말갛
다. 산자락을 타고 내려온 건들마 한 자락이 묘지 주위를 훑
고 지나간다.

"아 시원하다. 처녀 죽은 귀신 바람이다."

큰형님의 우스갯소리에 묘지 주위 배롱나무가 손을 흔들어
댄다.

배롱나무, 어릴 적 아버지는 배롱나무를 조부모 산소 가장
자리에 심었다. 불가에서는 무욕의 상징으로 삼았으며, 유학
자들은 청백리를 떠올리는 나무라고 하면서 심었다. 그래서
인지 사찰 입구나 서원 등지에서 많이 보는 꽃이다. 아마 당
신 스스로 자식들이 살아가면서 올곧은 선비정신으로 살기
를 바라는 마음으로 심었을 게다.

배롱나무꽃은 한번 피기 시작하면 나무 아래에서부터 위쪽
으로 올라가면서 백 일 동안 핀다고 해서 흔히 '나무 백일홍'
이라고 부른다.

'화무십일홍(花無十日紅)'이라고, 보통 꽃은 열흘만 붉게 피고는 금세 시들어 버리는데 저 배롱나무는 백 일 동안이나 꽃을 피우고 있다니.

TV 뉴스나 신문 지상에 자주 등장하는 수갑을 찬 비리 권력자나, 돈 좀 벌었다고 없는 사람들을 업신여기는 졸부들의 꼴사나운 모습이 화무십일홍이 아닐까.

나도 모르게 배롱나무 앞으로 다가선다. 작달막하게 생긴 것이 배시시 웃는다. 비록 농투성이로 살다 돌아가셨지만 자그마한 키에 단아한 선비 모습이던 아버지를 닮았다.

갑자기 목울대가 울컥 치민다.

'아버지, 이제야 알았습니다. 자식들 잘되기를 바라는 아버지의 깊은 속마음을….'

나들이 나온 달빛

오늘도 습관처럼 나들이에 나섰다.

평소 산책을 좋아하기에 날이 궂거나 구름 낀 날을 빼고는 늘 바깥으로 나돈다. 그것도 사위가 고요한 밤에만 다닌다. 다행히 하늘이 말갛다. 별들이 반짝반짝 호기심 어린 눈으로 어디 안 가느냐며 물어 쌓는 통에 그냥 집안에 박혀 있을 수가 없다. 산등성이 노송나무 가지에 걸터앉아 갈 곳을 살핀다.

저 멀리 재래시장이 희미하게 보인다. 조금 전까지만 해도 산허리에서 서성거리던 땅거미가 마을로 내려가더니 그새 시장을 덮쳤다. 온종일 복닥거리던 길거리 가게도 피곤했는지 어둠을 이불 삼아 졸고 있다. 시장 어귀 허름한 국밥집이 눈에 띈다. 좁아터진 식당이 막걸리를 들이켜는 장꾼들로 발 디딜 틈이 없다. 바람 한 자락이 국밥집 앞을 맴돌다 가버린다. 그도 온종일 시장 바닥을 휘젓고 다니느라 지쳤나 보다.

허리 구부정한 할머니가 손수레에 짐을 가득 싣고 가파른 골목을 올라간다. 힘에 부치는지 몇 걸음 가다 말고 후유 하며 허리를 편다.

"아이구, 이놈을 팔아야 대학 다니는 손자 놈 용돈이라도 쥐여 주는데."

해종일 난전에 앉아 오가는 이에게 눈인사를 보내 봤지만, 누구 한 사람 선뜻 사 가는 사람이 없었는지 보따리가 불룩하다. 하긴 요새 젊은 주부들은 마트나 백화점을 좋아하지 재래시장에는 잘 들르지 않는 편이다. 낡아 해진 보따리 한 귀퉁이에는 산나물이며 채소가 얼굴을 삐죽 내밀고 있다. 아침나절만 해도 시장 구경에 신이 났을 남새가 풀이 죽었다.

좁다란 샛길을 가고 있는 할머니 손수레가 덜컹거린다. 가로등조차 없는 길이라 앞이 잘 보이지 않는 모양이다. 애먼 눈만 비벼댄다. 이러다 다치기라도 하면 큰일일 텐데…. 펭귄처럼 뒤뚱뒤뚱 걸어가고 있는 할머니 옆으로 바싹 다가간다. 발걸음이 한결 가벼워 보인다. 한 반 마장쯤 갔을까, 할머니가 녹슨 철대문 안으로 들어간다. 컹컹 강아지가 빈집의 적막을 깨운다. 환한 전깃불도 들어온다. 이젠 안심이다.

'할머니 다리 뻗고 푹 주무세요.'

어둑한 샛길을 따라 내려오니 큰길이 나타난다. 회색빛 도로 양옆에는 대폿집 간판이 즐비하다. 길 건너편에는 여남은 층이나 되는 빌딩이 밤거리를 굽어보고 있다. 아직 퇴근하지 않은 직원이 있는지 듬성듬성 불이 켜져 있다. 중년 남자가 어깨를 잔뜩 웅크린 채 술집을 나온다. 술 냄새가 진동한다.

"그놈의 부장, 오늘도 왜 그리 트집을 잡는지."

"그래도 우야노. 새끼 둘이 대학을 다니는데 참아야지."

자문자답(自問自答)이 이어진다.

얼핏 보니 오십은 넘어 보인다. 머리숱은 듬성듬성 빠져 있고 얼굴에는 주름살이 잡혔다. 대학 다니는 자식들 등록금 때문에 허리가 휘는 모양이다. 축 처진 어깨가 측은해 보인다.

"마누라는 아파트가 좁다고 투덜거리고. 동창회라도 다녀온 날이면 눈에 쌍심지를 켜요."

수십 년 동안 한 이불 덮고 지내 온 아내도, 위아래로 짓눌려 사는 중년 남자의 속마음을 몰라주는 모양이다. 홧김에 먹은 술이 과했는지 다리가 풀렸다. 비틀비틀 걸어가다 힐끔 뒤를 돌아본다. 들킬까 봐 얼른 등뒤로 몸을 숨긴 채 조심조심 따라간다. 도로에는 온통 차들로 꽉 찼다. 헤드라이트를 켠 채 빵빵거린다. 정신이 없다. 그나저나 앞서 가던 남자가 보이지 않는다. 한눈파는 사이에 사라졌다. 지하철역 간판이 보이는 걸 보니 그새 땅 아래로 내려간 모양이다.

'아저씨 힘내세요. 자식들이 있잖아요.'

이제는 어디로 가볼까. 시골로. 그래 맞아. 아주 오래전에 가본 적이 있는 그 마을로 한번 가보자. 산을 넘고 들녘을 지나니 저 멀리 집들이 옹기종기 모여 있는 촌락이 눈에 들어온다. 자정을 넘긴 시각이라 마을도 곤히 잠을 잔다. 적막감이 감돈다.

동네를 지나 한갓진 곳에 이르니 낡은 정미소가 보인다. 때 전 양철지붕에는 구멍이 숭숭 나 있다. 문을 닫은 지 오래된 모양이다. 정미소 뒤편에는 물방아가 보인다. 녹이 시커멓게 슬었다. 피댓줄 장단에 맞춰 '철커덕 철커덕' 이분음표 소리를 내다가 심통이 나면 '쏴' 굉음을 질러 대던 물방아도 세월의 무게 앞에는 어쩔 수가 없나 보다.

그 옛날 벚꽃이 화르르 꽃 등불을 피우던 날 밤, 앞마을 철이 총각과 내 건너 순덕이 처녀가 이곳에서 자주 만났었다. 가슴팍은 봉긋하고 엉덩이 큼지막한 열여덟 순덕이 처녀. 한밤중이면 늘 밤하늘을 쳐다보며 한숨을 짓던 그녀가 철이 총각을 만나고 난 뒤부터는 무엇이 그리 좋은지 방긋방긋 웃어 댔었다. 소쩍새 우는 밤, 철이 총각의 두툼한 입술이 스르르 다가오면 순덕이 처녀 양 볼에는 발그스레한 꽃 불 하나가 피었지 아마.

'보고 자파요. 철이 총각과 순덕이 처녀.'

이제는 산등성이 너머 집으로 돌아가 눈 좀 붙여야겠다. 피곤하다. 초저녁 무렵만 해도 반들반들 윤기나던 내 얼굴에 그늘이 씌었다. 오던 길 반대 방향으로 간다. 산을 넘고 들녘을 지나니 널따란 강이 나타난다. 강물이 유유히 흘러가고 있다. 산 중턱의 계곡물도, 벼랑으로 떨어지는 물살도 마다치 않고 다 받아주는 하류의 강이다. 어린 자식을 가슴에 품은 어머니의 넉넉한 마음을 닮았다. 앞만 보고 급하게 내달리는 상류와는 다르다. 여유가 느껴지고 낮춤의 미학이 그려진다. "큰 나라는 하류이어야 한다(大國者 下流)."라는 노자의 말이 떠오른다.

문득 난전에서 남새를 팔던 꼬부랑 할머니와, 삶의 무게에 짓눌려 허덕이는 중년 남자가 생각난다. 자식들을 위해 모든 것을 아낌없이 내주는 넉넉한 그 마음이, 품 넓은 저 하류 같다는 생각이 든다. 큰소리로 외쳐본다.

"할머니, 아저씨, 용기를 내십시오. 그대들이 진정 대국자 하류(大國者 下流) 입니다."

옆을 바라보니 별들도 반짝반짝 눈 박수를 보낸다.

뻐꾸기의 탁란托卵

계절의 수레바퀴가 참 빠르게 돌아간다.

두어 달 전만 해도 따사로운 봄 햇살에 옹알이하던 연둣빛 이파리들이 진초록 옷으로 갈아입었다. 엄마 팔에 매달려 칭얼대던 두어 살배기가 엉덩이 촐랑대는 미운 일곱 살짜리로 멀쑥 커버린 것 같다.

오늘 아침 아파트 창문 너머로 보이는 성암산이 싱그럽다. 이른 아침인데도 뻐꾸기가 울어댄다. 그 옛날 보리누름 무렵이면 고향 마을 뒤 참새미골에는 뻐꾸기가 서럽게 울었다. '뻐꾹 뻐꾹 뻑 뻐꾹' 갓 출가한 어느 스님은 이 소리가 '머리 깎고 머리 깎고'로 들렸다는 우스갯말이 생각난다.

아득해서 더욱 그리운 어린 시절의 기억. 뻐꾸기 울음소리를 들으니 고향을 떠나온 뒤로 잃어버렸던 추억들이 어항 속 금붕어처럼 뇌리 속을 유영(遊泳)한다. 해종일 가댁질하며 뛰어놀던 좁다란 골목길, 학교가 일찍 파하는 날이면 주인 몰래 밀을 서리해 구워먹던 언덕배기 밀밭, 조랑조랑 매달린 풋감이 지천이던 교장 선생님 사택 뒤편의 감나무밭, 자주색 감자꽃이 흐드러지게 피던 비알밭이 주마등처럼 지나간다. 아 그곳에 가고 싶다.

휴대전화가 운다. 어릴 때 같이 뛰어놀던 친구한테서 온 전화이다. 여름이면 동네 앞 개울가에서 누구 오줌발이 더 센가, 내기하던 불알친구이다. 그 친구도 고향이 그립다고 한다. 이심전심일까. 한번 다녀오자고 운을 떼니 웃음소리가 귓전을 때린다. 다들 이순 문턱을 넘어서니 모천회귀(母川回歸) 하는 연어가 되는 모양이다.

산을 넘고 또 넘어야 하는 적막한 산골 마을. 그곳이 우리들의 태를 묻은 고향이다. 이웃 동네와는 무려 십여 리나 떨어진 오지이다. 무엇이 그토록 그립고 설레게 하는 건가. 회색빛 도로 위의 일상에 지쳐서일까. 고향 마을 뒤 멧부리가 눈웃음을 친다. '자주 고향에 들르라'고

그 옛날 해토(解土)머리 무렵 돋을양지 쪽에 봄기운이 꼼지락대는 날이면, 외갓 동네가 빤히 바라보이는 저 산등성이에서 어머니와 봄나물을 캐러 다녔다. 나물바구니를 밀쳐놓고

친정 동네를 멀거니 바라보던 어머니. 얼마나 가고 싶었을까. 고된 시집살이에다 애옥살이 시골 살림, 눈에 넣어도 아프지 않을 연년생 자식들 때문에 마음 편히 한번 다녀오지 못했으리라. 날지 못하는 한 마리 여린 새처럼 질곡의 모진 세월을 참으며 살아온 어머니이다. 그런 어머니가 사십 년 전에 영면했다. 무엇이 그리도 급했는지.

동네 앞 물 잡아 놓은 다랑논에는 산그림자가 내려와 있다. 비닐하우스 속에서 고이고이 자란 연초록색 모가 이곳으로 시집을 날도 멀지 않았다. 논물 거울에 나를 비춰본다. 그 옛날 까까중머리는 온데간데없고 대머리의 중늙은이가 그곳에 서 있다.

맨 위쪽 논에는 늙은 농부가 이앙기로 모내기를 한다. 숨을 헐떡거리며 지나가는 이앙기 꽁무니에는 연약한 모가 줄을 그으며 따라간다. 백로 한 마리가 웬 낯선 이냐며 힐끔 쳐다보더니 후다닥 날아가 버린다.

돌담 고샅길로 접어든다. 바람 한 자락이 구멍 숭숭 난 돌담 틈새를 헤집고 지나간다. 문득 몇 해 전에 가본 경주 양동 어느 고택의 '눈썹 담'이 떠오른다. 담벼락이 어린애 키처럼 나지막한 게 멀리서 보면 새색시 눈썹을 닮았다고 해서 붙여진 이름이 눈썹 담이라고 한다. 아침이면 솔바람이 밤새 안부가 궁금하여 담을 타 넘어오고, 달이 휘영청 밝은 밤이면 달빛도 몰래 담을 넘었을 게다.

　녹슨 철 대문 앞에는 등짝을 동그랗게 만 채 졸고 있던 누렁이가 이방인을 보자 컹컹 인사를 한다. 오뉴월 긴긴 하루, 진종일 대문을 지켜봐야 발걸음 소리 하나 들리지 않는 산골 마을. 그도 어지간히도 외로웠으리라.

　마을 뒤 언덕바지에는 지은 지 얼마 안 되어 보이는 양옥집 한 채가 덩그러니 서 있다. 그곳은 옛날 남식이 할아버지가 조석으로 드나들며 가꾸던 텃밭이다. 가까이 다가보니 담장이 높게 쳐져 있고, 철 대문에는 자물통이 입을 굳게 다물고 있다. 마당에는 잡초가 무성하다. 사람이 사는 집 같지 않다. 아마도 도회지에 사는 돈푼깨나 있는 사람이 지어 놓은 집으로서 휴가 때 잠시 들르는 별장인 모양이다. 그래 별장, 참 좋지. 더구나 다 찌그러져 가는 집들만 있는 고향 동네인데. 그나마도 몇 채 남지도 않은 이곳에 번듯한 양옥집이 들어서 있다니. 그러나 저 평화로운 논물 거울이, 오종종한 감꽃이 피어 있는 슬레이트집 뒤란의 감나무가, 하얀 낮달이 꼭지연처럼 산등성이에 걸려 있는 고향 마을에 웬 붉은 벽돌집이….

　뻐꾸기가 요란스럽게 울어댄다. 뻐꾹 뻐꾹 뻑 뻐꾹! 갑자기 뱁새의 둥지에 의탁하여 새끼를 키운다는 얌통머리 없는 뻐꾸기와 언덕 위의 그림 같은 저 양옥집이 오버랩 되어 다가

온다.

 왜 그럴까. 모처럼 만에 마음의 둥지를 찾은 초로(初老)의 소갈머리 심보라서 그럴까.

아내한테서 온 전화 한 통

오늘도 혼자 산에 오른다.

사십 년 가까이 다니던 직장에서 퇴직한 뒤부터 생긴 버릇이다. 달랑 두 식구만 사는 집에 가장이라고 버티고 있어 봐야 마누라는 달가워하지 않는다. 걸핏하면 산에 오르던 것이 습관이 되었는지 이제는 안가면 좀이 쑤신다.

산 초입에는 쑥부쟁이가 지천이더니 깔딱 고개에 이르니 억새가 은빛 물결을 이루고 있다. 헉헉 숨이 차고 땀이 흐른다. 이윽고 산등성이에 올랐다. 그런데 늘 조용하던 산등성마루 쉼터가 전 같지 않다. 왁자지껄하다. 챙 넓은 모자에 형형색색의 등산복을 입은 여인 네댓이 둘러앉아 수다를 떤다. 쉼터 바닥에는 삶은 돼지고기며 부침개가 질펀하게 널렸다. 소주병도 보인다. 대낮인데도 한잔했는지 얼굴이 불콰하다.

"저번 산행에는 안 나왔던데 어디에 갔어요?"

"시아버지 상(喪)을 당하셔서."

"올해 연세가 얼마인데요?"

"보자, 예순다섯이지 아마."

"딱 맞은 나이에 돌아가셨구먼."

"하하하"

참 얌통머리 없는 여편네다. 겨우 예순 중반에 돌아가신 걸 가지고 딱 맞은 나이라니. 갑자기 귀티나는 얼굴이 뿔 난 인형 조각으로 변해 버린다. 어이가 없어 하늘만 멍하니 쳐다본다.

'공자님, 인간 세계로 환생하시어 효행 예절 다시 가르쳐야 하겠습니다. 부모에게 효도하고, 형제간에 우애 있고…'

지난주 금요일 아침이다. 아내 얼굴이 환하다. 막내아들 내외가 토요일 오후에 내려온다는 전화를 받은 모양이다. 신이 나는지 콧노래까지 부른다. "뭘 좀 해먹이지?"라며 포댓자루를 챙기더니 뒷골 텃밭으로 가버린다. "국하고 밥은 해놨으니 챙겨 먹어요."라며 휑하니 나간다. 텅 빈집 혼자 식탁에 앉아 몇 숟갈 떠먹어 보지만 영 입맛이 없다.

직장 다니며 월급 타다 줄 때에는 이러지는 않았다. 끼니때마다 입에 맞는 반찬을 해놓고도 "찬이 없지요."라며 살갑게 굴었다. 그런 아내가 변했다. 스포츠 센터다, 노래교실이다,

등산이다 하여 밖에서 보내는 시간이 많아졌다.

아침에 나간 아내가 점심때가 다 되어서야 돌아왔다. 양손에 들은 보따리가 불룩하다. 고추며 가지 등 남새는 물론이고 평소에는 비싸다고 잘 사오지 않던 쇠고기에다 닭갈비, 햄, 소시지까지 들었다. 모두가 아들이 좋아하는 것뿐이었다.

정작 아들 내외가 오는 토요일이 되자 아내의 행태는 가관이었다. 아침부터 기차역 쪽으로 눈길이 자주 갔다. 좀이 쑤시는지 전화까지 했다.

"몇 시에 도착하노? 아이고 그렇게 늦게 도착하나."

오후 늦게 온다는데 오전부터 안달이었다. 서른 살이 넘고 장가까지 간 녀석이 어디 어린애인가. 해질 무렵 아들이 역에 도착했다는 전화가 오자 부리나케 승용차를 몰고 마중을 나갔다. 어쩌다 친구들을 만나 술이라도 거나하게 한 날 밤, 차를 가지고 전철역까지 좀 나와 달라면 구시렁거리던 아내가 집에서 도보로 채 10분도 안 걸리는 기차역까지 마중을 가다니.

혼자 멍하니 소파에 앉아 애먼 TV 리모컨만 만지작거렸다. 하필 그날따라 '이빨 빠진 호랑이의 비애'라는 야생 다큐멘터리를 방영하고 있었다. 시간의 흐름 속에 이빨은 빠져 버리고 뾰족한 발톱도 무뎌 버린 호랑이. 녀석은 한때 백수의 제왕이었다. 그러나 이젠 누구도 호랑이를 두려워하지 않는다. 먹잇감을 구하지 못해 터벅터벅 걸어가는 녀석의 뒷모습이

처량하다.

　평일인데도 산길을 오가는 사람들이 많다. 한 두어 시간 걷고 나니 피곤이 몰려온다. 너럭바위에 걸터앉는다. 바위 아래에는 말갛게 이발을 한 봉분(封墳)이 보인다. 그 흔한 비석 하나 없는 쌍분이지만 윤기가 자르르 흐른다. 지난 추석 자손들이 올리는 차례 음식이 입에 맞았던 모양이다. 무덤 아래 억새밭 샛길에는 대학생으로 보이는 딸이 아빠의 손을 잡고 걸어오고 있다. 무슨 얘기가 그리도 재미나는지 깔깔대며 온다. 저런 딸내미라도 있었으면….

　'삐리릭삐리릭' 휴대전화 벨 소리가 요란하다. 아내 전화이다.

　"계(契) 모임이 있으니 오늘 점심은 중국음식을 시켜 드세요."

　"……"

　나도 모르게 휴대전화 뚜껑을 닫아버린다. 가을 타는 남자인가.

강섶에 머문 추억, 갈바람에 실려 오네

계절은 마음 색깔부터 바꾸는 모양이다.

황금빛 일렁이는 들녘을 바라보니 마음까지도 온통 가을
색으로 변한다. 강섶에 줄지어 서 있는 갈대들이 수런거린다.
가을 향기 가득 실은 경부선 열차가 한마디 하며 지나간다.
'갈바람이 휘파람을 부는데 집에만 박혀 있을 거냐.'고. 마음
이 흔들린다. TV나 신문에서 유난히 눈을 머물게 하던 그곳.
뱃가 할매의 손때가 묻어 있는 '삼강주막'이, 가을동화의 향
기가 배어 있는 '회룡포' 풍경이 갈바람에 실려 온다. 늘 조용
하던 아내가 무작정 한번 떠나봅시다,라며 먼저 나선다. 아내
가 가을을 타는가? 가을은 남자가 탄다는데.

삼강주막 뱃가 할매

　삼강(三江), 말 그대로 세 줄기 강이 합쳐지는 곳이다. 회룡포를 돌아온 내성천, 문경의 금천, 안동서 흘러온 낙동강 물줄기가 이곳에서 만난다. 예로부터 이곳은 김해에서 소금 실은 배가 삼강 나루터에서 쉬어 가고, 과거 길에 오른 선비들이 거쳐가는 길목이었다. 이런 강가에 초가 주막 한 채가 서 있다. 삼강주막이다. TV 드라마에서나 볼 수 있는 옛 모습을 고스란히 간직하고 있다. 괴나리봇짐을 한 길손들이 '주모' 하고 부르면 넉살 좋은 뱃가할매가 금방이라도 나타날 것만 같다. 배 있는 강가에 산다고 택호가 '뱃가할매'인 주모 유연옥 할머니가 오십 년 동안이나 국밥 말아주고 잔술을 팔던 집이었다. 기나긴 밤 하고많은 날을 주막과 함께 보낸 이 시대 마지막 주모인 유 할머니는 몇 해 전에 세상을 떠났다. 열여섯 살에 얼굴도 모르는 남편에게 시집와 사 남매를 둔 할머니다. 나이 서른넷 되던 해 남편마저 저세상으로 가버리자, 올망졸망한 어린 자식들 먹여 살리느라 넘겨받은 삶터가 삼강주막이다. 덫에 걸려 날지도 못하는 한 마리 여린 새처럼 강바람 맞으며 질곡의 삶을 살다간 한 많은 여인이었다.

　생전에 글을 몰랐던 할머니는 검게 그을린 부엌의 흙벽이 외상장부였다. 막걸리 한 잔이면 짧은 금 하나, 한 주전자이

면 긴 금 한 줄, 외상값을 갚으면 길게 세로금을 그었다. 아직
도 그어지지 않은 눈금이 보인다. 칼금 외상장부를 바라보고
있는 아내 눈가에 이슬이 맺힌다.

지금은 마을 부녀회원들이 주모 역할을 대신하고 있다. 막
걸리 한 주전자 5,000냥, 지짐 한 쟁반 3,000냥, 두부 2,000냥
이라고 적힌 메뉴판도 옛날 주막 티를 낸다. '주모 한 상 주
이소'는 12,000냥이라고 한다. 툇마루에 앉아 강바람 섞어 마
시는 막걸리가 잘도 넘어간다. 주막 뒤뜰 오백 살이나 먹은
회화나무가 내려다보며 한마디 한다. 나이 생각해서 이제는
술 그만 먹으라고. 제발 정신 좀 차리라고.

물돌이 마을 '회룡포'

소백산 자락이 내려앉은 산골에 섬 하나가 두둥실 떠 있다.
산촌에 섬마을이라니. 바로 육지 속의 섬인 물돌이 마을 '회
룡포'를 두고 하는 말이다. 낙동강의 지류인 내성천이 큰 산
에 가로막혀 곧게 흘러가지 못하고 비상하는 용처럼 휘감아
나가는 곳이라서 회룡포(回龍浦)라고 이름을 붙였다고 한다.

이곳을 구경하려면 장안사를 먼저 들러야 한다. 인기 드라
마 '가을동화'의 촬영지였던 용궁면 소재지에서 농로를 따라
한참을 가다 보면 장안사라는 절이 보인다. 여인의 치렁치렁

한 귀걸이를 연상케 하는 장안사의 댕그랑대는 풍경과 우뚝 솟은 5층 석탑이 이곳을 찾는 길손을 반긴다.

장안사를 감싸고 있는 야트막한 비룡산 꼭대기에 회룡대라는 전망대가 있다. 그곳에 올라서면 회룡포 마을이 한눈에 들어온다. 강이 산을 품었는가. 산이 강을 부둥켜안았는가. 마을 허리가 잘록하다. 요즘 유행하는 S자 몸매를 닮았다. 마을 앞의 황금 들녘과 옥빛 강물, 똬리를 틀 듯 엎드려 있는 시골집이 이마를 맞대고 있다. 이들의 절묘한 조화는 보는 이의 넋을 빼놓을 정도이다.

삐꺽 삐꺽, 뽕뽕다리 위로 추억이 건너간다

이처럼 전망대에서 감상하기도 하지만, 회룡포 마을을 직접 볼라치면 외나무다리를 건너야 한다. 다리 이름이 '뽕뽕다리'다. 이름 또한 예쁘다. 뽕뽕다리를 보고 있으니 문득 어릴 적 고향 동네 앞 냇가에 놓여 있던 섶다리가 떠오른다. 섶다리는 매년 가을걷이가 끝날 즈음이면 마을 사람들의 공동 노역(勞役)으로 놓인다. 여름 장맛비에는 견디지 못하기 때문에 해마다 한 번씩은 새로이 다리를 놓아야 한다. 섶다리는 물에 강한 두 갈래의 물푸레나무를 거꾸로 세우면 교각이 된다. 그 위에 참나무와 청솔가지를 올리고 뗏장과 흙을 깔아

상판을 만들면 다리가 완성된다. 건널 때마다 약간씩 흔들거리지만, 기실은 황소를 몰고 가도 꺼지지 않을 정도로 튼실하다. 다리 공사가 끝나면 양쪽 마을에서 가장 연세가 많고 허연 수염까지 기른 할아버지께서 제일 먼저 건너는 풍습이 있다.

그 옛날 산 높고 골 깊은 두메산골에는 사람들이 그립다. 특히나 이쪽 동네에서는 내〔川〕 건너 저쪽 마을 사람들의 소식이 궁금하다. 섶다리는 양쪽 마을 사람들의 안부를 품고 있으리라.

그 섶다리를 건너 오일장에 가신 아버지를, 다릿목에서 기다리던 기억이 난다. 매서운 바람이 부는 한겨울 저녁, 양쪽 귀에는 토끼털로 만든 귀마개와 양손에는 어머니가 짜준 털실 장갑으로 무장하고 기다렸다. 정감이 발끝으로 전해지는 다리이다. 외로움을 치료해 주는 다리이기도 하다.

벌겋게 물든 저녁노을이 물돌이 마을에 내려앉기 시작한다. 드라마 '가을동화' 속의 은서와 준서가 뿅뿅다리 위를 걸어가고 있다. 저녁노을도 뒤따라오고 있다.

"뭘 그래 골똘히 생각 하는교. 인제 그만 집으로 갑시다."

아내의 채근하는 말에 섶다리 추억도, 가을동화의 첫 사랑도 강섶으로 숨어버린다. 무작정 한번 떠나보자고 할 때는 언제인데. 그새 집이 그리운가? 참 못 말리는 아내이다.

경敬자 바위 눈물, 뜬 바위 사랑

이 가을 어디론가 훌쩍 떠나고 싶다.

회색 아스팔트 위에서 지친 몸, 흙길 한번 밟아보고 싶다. 몇 해 전에 가본 그곳. '경(敬)자 바위'가 있는 소수서원이, 선묘 낭자의 애틋한 사랑이 묻어 있는 부석사(浮石寺)가 손짓한다. 앞치마 차림에 찌개를 끓이고 있던 아내도 맞장구를 친다. 그냥 훌쩍 떠나보자고.

중앙 고속도로를 달리다 영주 나들목을 빠져나오니 점심나절이 훌쩍 지나버렸다. 저 멀리 '피끝마을'이 보인다. 야트막한 산모롱이를 에돌아 흐르는 죽계천 안쪽에 자리한 마을이다. 피끝마을, 이름만 들어도 섬뜩하다. 이름 그대로 조선조 초기 백성들의 피와 눈물이 범벅된 한스러운 사연이 전해 내려오는 곳이다. 비극은 단종애사로부터 시작되었다. 세종대

왕의 여섯째 아들인 금성대군은 애초부터 형인 세조와는 뜻이 달라서 세조의 눈 밖에 나 있었다. 예나 지금이나 실세에게 외면당하면 인생살이 고달프긴 매한가지인 모양이다. 여러 곳으로 유배 다니다 사육신 사건이 터지자 소백산 자락인 이곳 순흥으로 유배됐다. 그의 올곧은 성격은 귀양살이 중에도 가만히 눌러앉아 있지 못했던 모양이다. 뜻이 맞는 순흥 부사와 함께 단종 복위 운동을 꾸미다가 시녀의 밀고로 탄로가 나버렸다. 세조의 입장에서는 역모였다. 당시 순흥 도호부에 살고 있다는 이유만으로 순흥 삼십 리 안에 살고 있던 백성들이 청다리 아래로 끌려가 죽임을 당했다. 이때 흐르는 피가 죽계천을 따라 십 여리나 흘러와 이곳 동촌마을에서 끊어졌다 하여 '피끝마을'이라 부르게 되었다고 한다.

그런 마을에서 허수아비 축제가 열리고 있다. 원두막도 보이고 두레박 우물도 보인다. 허수아비, 참 오랜만에 본다. 검정치마에 해진 적삼을 입고 있는 옛날 허수아비가 아니다. 울긋불긋한 옷차림에다 쓰고 있는 모자까지 날렵하다. 허수아비도 시류에 편승하는가. 찌든 삶을 잠시나마 내려놓으라고 매년 시월이면 축제를 연다고 한다. 그래도 피끝마을에 허수아비 축제라니. 기분이 참 묘하다. 넋 놓은 채 빤히 쳐다보고 있는 나를 아내가 빨리 갑시다, 라며 손을 잡아끈다.

갈바람이 내는 휘파람 소리를 들으며 한 마장쯤 가니 소수서원이 나타난다. 소수서원 하면 '최초'란 명칭이 두 개나 따라붙는다. 국학제도를 본떠 선현에게 제사를 지내고 유생들을 교육하는 최초의 서원에다, 소수서원이라는 현판을 첫 번째로 사액(賜額) 받았다. 대원군이 서원을 철폐할 때도 이곳만은 건드리지 않았다고 한다.

노송들이 줄지어 선 소수서원 입구에 들어서니 솔바람 소리, 물 흐르는 소리가 예사롭지 않다. 죽계천변 바위에는 백운동(白雲洞)이라는 한자에 붉은색의 '敬'자가 눈에 띈다. 그 밑으로 깊은 소(沼)가 있다. 백운동 소이다. 단종 복위 거사가 밀고로 탄로가 나자 수많은 시신이 수장된 곳이다. 밤만 되면 죽임을 당한 넋들이 울었다고 한다. 얼마나 분하고 원통했을까. 이에 주신재 선생이 바위에 유교 이념인 경(敬)자를 새기고 그 원혼을 위로하고자 붉은 글씨로 덧칠한 후로는 영혼들의 울음이 그쳤다고 한다.

아내가 두 손을 모아 기도를 하고 있다. 원혼들이여 부디 편히 잠드소서.

부석사 가는 길 양옆으로 은행나무 잎이 노랗게 물들었다. 사랑과 낭만, 희망과 장수의 상징이라는 은행나무는 모든 나무의 시조 격이다. 그래서인지 한때는 도심의 가로수로 많이 심었다. 그런 나무가 언제부터인가 열매에서 악취가 난다고 천덕꾸러기 신세가 되어버렸다. 그러나 이곳은 은행나무가 군락을 이룬다. 마치 은행나무 터널 같다. 땅도 노랗고, 하늘도 노랗고, 길손들의 마음까지도 노랗게 물이 든다.

삼십 년 전 늦가을 어느 날, 풋내 나는 자식을 서울로 떠나보낸다고 동구 밖 은행나무 밑에서 오래도록 손을 흔들고 계시던 부모님이 생각난다.

부석사는 천왕문, 안양루, 무량수전과 조사당으로 이루어져 있다. 그중 안양루는 속세의 인연 다 저버리고 극락세계로 들어가는 마지막 문이며, 그 아래 돌계단 역시 극락으로 가는 108번째 마지막 계단이다. 아내와 함께 108계단에 서서 참회해 본다. 살아생전 부모님께 불효한 죄, 아내에게 모질게 대한 죄, 나 자신을 기만한 죄…. 아내는 뭘 참회했는지 궁금하다.

농투성이 얼굴처럼 주름살 많은 무량수전이 우리 부부를 굽어본다. 우리나라에서 가장 오래된 목조건물인 무량수전의 기둥은 배가 불룩해서 배흘림기둥이라고 한다. 만삭 새댁이 친정엄마로 보이는 노파와 함께 배흘림기둥 앞 댓돌 위에서 합장한다. '자비하신 부처님, 부디 튼튼한 아이를 태어나게 해주소서.'

무량수전 뒤에는 뜬 바위가 있다. 선묘 낭자가 의상 대사를 그리는 애틋한 사랑의 힘이 커다란 바위를 뜨게 했다는 설화가 전해 내려오고 있는 바위이다. 부석사(浮石寺)란 절 이름도 뜬 바위에서 유래되었으리라. 이름 그대로 떠 있어야 할 바위가 오랜 세월의 무게를 이기지 못한 탓인지 지금은 배가 땅에 닿았다.

아침 일찍 나선 길, 온종일 돌아다니다 보니 늦가을 해가 설핏 기운다. 벌겋게 물든 태양이 산등성마루에 걸터앉아 뜬 바위 절을 내려본다. 저 멀리 산맥들이 겹겹이 열(列)을 지어 있다. 산과 산을 동아줄로 엮어 놓은 듯하다. 붉게 물든 성난 파도가 밀려오는 것 같다. 태양이 눈을 찡긋하더니 파도 속으로 풍덩 빠져 버린다. 해도 저지른 일을 잊기 위해 저물 적마다 자신을 숨기는 모양이다. 뜬금없이 눈물이 핑 돈다. 아름다움도 절정에 이르면 눈물이 나는가 보다.

나를 빤히 쳐다보고 있던 아내가 한마디 한다.

"정작 경(敬)자 바위 앞에서는 희어멀뚱하던 얼굴이 뜬 바위 앞에서 웬 눈물이냐?"라고.

제 2 부
오! 해피 버스(bus)데이

보따리 할머니가 내릴 채비를 한다.
기사가 차를 스르르 조심스럽게 정차시킨다.
예의 "안녕히 가십시오."가 떨어지기 무섭게
이번에는 할머니가 한마디 하며 내린다.
"기사님, 고맙심데이~."
뜬금없이 모 시인의 시(詩) '해피 버스데이'가 떠오른다.
생일에 자주 불렀던 '해피 버스데이 투 유'도 귓전을 맴돈다.
그래 맞아. 오늘은 행복(happy)한 버스를 탄 날(day)이다.

지독지애 舐犢之愛

한 촌로가 비알밭에서 쟁기질을 합니다.

고삐를 잡고 소모는 농부 앞에는 소태나무 코뚜레를 한 암소가 쟁기를 끌고 있습니다. 굳은살 박인 소 목덜미에는 멍에가 얹혔습니다.

"이랴 이랴, 워 워"

촌로의 구성진 소몰이 구령에 맞춰 암소가 느릿느릿 걸어갑니다. 보습 옆으로 포슬포슬한 흙이 척척 갈라지며 물결처럼 번져 나갑니다. 한 살배기 송아지가 밭고랑 사이를 쏘다니다 지쳤는지 밭둑에 서서 어미소 젖꼭지만 바라봅니다.

한길 건너 물 잡아놓은 논에는 농부가 이앙기로 모내기합니다. 툴툴툴, 가쁜 숨을 몰아쉬며 지나가는 이앙기 꽁무니에는 연초록색 모가 숨가쁘게 따라갑니다. 이른 봄부터 비닐하우스 속에서 고이고이 자란 모입니다. 제 몸조차 가누지 못하는 저 여린 것들이 시집을 가다니.

저 멀리 경부선 완행열차가 지나갑니다.

"철커덕 철커덕"

완행열차, 참 오지랖이 넓은 녀석입니다. 들판을 지나면서 강을 건너면서 온갖 참견을 다합니다. 봄이면 제때 파종을 하는지, 여름이면 텃밭의 지심은 매는지, 가을이면 참새떼를 쫓는다고 꽥 소리까지 지릅니다.

그런가 하면 동네 어르신들을 공경할 줄도 압니다. 도회지 노인보다 교통편의 시설이 부족한 시골 어르신을 더 챙깁니다. 일평생 농사일 때문에 허리가 휘어 뒤뚱뒤뚱 걸어오는 어르신을 맞이하느라 역마다 섭니다. 주름살 파인 노파가 가로 늦게 열차에 올라와도 툴툴거리지 않습니다.

완행열차는 철따라 소식을 전하는 집배원입니다. 이른 봄이면 따사로운 햇살에 반짝반짝 몸을 뒤척이는 봄 바다의 잔물결 소식을 시작으로, 여름이면 울부짖는 여우비 소식도 전합니다. 가을이 되면 낙엽을 머리 위에 얹고 다니는 센티멘털리스트의 안부를 싣고 옵니다. 순백의 겨울 설경은 그냥 눈에만 담고 다닙니다.

속 깊은 완행열차, 배려심도 많습니다. 손자뻘이라도 한참 아래인 고속열차(KTX)에 자리도 내어줍니다. 미끈하게 잘생긴 KTX 녀석이 올라치면 아예 한 쪽으로 비켜섭니다. 할 일 많고 한창 커 나가야 할 녀석들 빨리 가라고.

노부부가 밭둑에 앉아 들밥을 먹습니다. 할아버지가 막걸리 한 사발을 쭉 들이켜자 할머니가 날된장 바른 풋고추를 할아버지 입에 넣어줍니다. 시골 살림에도 끊임없이 내어 주며 살아온 삶, 농사지어 튼실한 것은 자식들에게 다 내어 주고 못나고 흠 있는 것은 당신들의 몫이리라. 노부부 옆에는 멍에 벗은 어미소가 하릅송아지를 혀로 핥아줍니다. 가쁜 숨을 가라앉히기도 전에 선채로 젖부터 물린 어미소입니다.

교회 종탑 너머로 보이는 간이역에는 완행열차가 서 있습니다. 그 옆으로 잘생긴 고속열차가 꽥 소리 지르며 지나갑니다. 매번 자리를 양보하는 저 늙은 기차. 앞길이 구만리 같은 젊은이들에게 길을 터주는 저 완행열차는 누구를 닮았을까요?

밭둑에 앉아 들밥을 드시는 노부부입니까? 아니면 송아지 목덜미를 핥아 주는 어미소입니까?

※지독지애(舐犢之愛)란? 어미소가 송아지를 핥아주는 사랑. 자녀에 대한 어버이의 지극한 사랑을 비유적으로 이르는 말

막장 광부의 마지막 소원

뿌연 가로등이 연탄구이집 간판을 내려보고 있다.

때에 전 '할매집' 미닫이문을 열고 들어서니 이모를 닮은 푸근한 주모가 반갑게 맞이한다. 내리 이십 년 동안 한 자리를 지켜왔다는 노파의 손도 기름때로 반질반질하다. 오늘도 아내는 돼지갈비를 먹자고 한다. 아들 녀석들로부터 '허리통 굵은 엄마'라고 놀림을 받으면서도 육(肉)고기를 보면 젓가락이 먼저 가는 아내다. 드럼통 화덕에는 연탄불이 활활 타오르고 있다. 석쇠 위에는 돼지 앞다리 살타는 냄새가 진동한다. 마른 논에 물 잦듯이 술이 두어 순배 돌자 아내 얼굴이 발그스레해진다. 삼십수 년 전 홍조 띤 새색시 얼굴은 어디 가고…. 눈가에는 주름살이 가득 잡혀 있다. 지지리 가난한 오남매나 되는 장남에게 시집와서 마음고생, 몸고생을 한 마누라다.

노파가 연탄을 간다. 밑에 있던 빨간 연탄이 위로 올라오자 뜨거운 열기도 따라 올라온다. 연탄은 이렇게 자신을 태워 주위를 따뜻하게 해준다. 나이가 들어갈수록 연탄불 같은 사랑을, 아내와 자식을 향해 쏟아야 한다는데.

거무튀튀한 벽에 매달린 TV에서 뉴스가 흘러나온다. 양복 쭉 빼입은 대머리 신사가 수갑 찬 손을 토시로 가린 채 높은 건물 안으로 들어가고 있다. 지체가 높은 사람인 모양이다. 건장한 청년의 호위를 받으며 발걸음을 옮긴다. 주위에는 취재기자들로 발 디딜 틈이 없다. 연신 카메라 플래시가 터진다. 기자가 마이크를 들이댄다.

"맹세코 한 점 부끄러움도 없습니다. 진실은 밝혀집니다. 모든 것은 법정에서 말씀드리겠습니다." 말솜씨 하나는 번지르르하다.

몇 년 전이다. 기름값이 뛰는 바람에 연탄이 새로 나타났다는 뉴스가 많이 나오던 연말 무렵이다. 전철에서 우연히 본 어느 신문기자의 현장 체험 기사가 생각난다. 평소 자기 일에 늘 불만을 품고 있던 그가 강원도 탄광촌으로 취재차 갔단다. 광부와 함께 수직으로 나 있는 갱도를 따라 2천 미터쯤 내려간 뒤, 다시 어느 곳으로 수백 미터를 더 내려가니 막장이 나오더란다. 그곳이 광부의 일터이다. 영상 40°C나 족히 되는 열기로 숨이 콱콱 막히는 막장에서 광부는 탄가루를 퍼내야 한다. 물론 그곳에서 식사도 하고 물도 마신다. 가끔은 탄가루 섞인 물도 마셔댄다.

하루일을 끝낸 광부에게 기자가 묻는다.

"선생님 소원이 무엇입니까?"

"예, 나의 마지막 소원은 땅 위의 직업을 가져 보는 것입니다."

"……"

그 대답을 들은 기자가 하도 기가 막혀 다음 질문을 못 했다는 기사이다.

오늘 따라 양복을 쭉 빼입고, 손에는 수갑을 찬 채 높은 건물 안으로 들어가는 번질번질한 광대 얼굴이, 연탄 가루 묻은 막장 광부 얼굴과 오버랩되어 다가온다.

오! 해피 버스(bus)데이

모처럼만에 바깥나들이를 한다.

은퇴 이후 '거안실업회장'(거실과 안방을 오가는 실업자)이라고 놀려대던 아내가 외출한다니 반색한다. 집에서 7, 8분 정도 걸리는 시내버스 정류장까지 걸어갔다. 직장에서 퇴직한 뒤부터 웬만한 거리는 뚜벅뚜벅 걸어 다닌다. 정류소 나무의자에는 꼬부랑 할머니가 버스를 기다리고 있다. 노파 옆의 커다란 짐보따리도 함께 버스를 기다린다. 얼기설기 묶어놓은 보따리에는 초록색 남새들이 빼곡하게 들어차 있다. 자기 몸 하나도 주체하기 어려울 텐데 짐보따리까지. 시지 아파트 입구 골목시장에 팔러 가는가. 아니면 시집간 딸내미 집에라도.

이윽고 버스가 도착한다. 등교하는 학생이며 중년 부인들이 우르르 차에 오른다. 차 안으로 들어서자마자 "고객님 어서 오십시오." 라는 중후한 남자 목소리가 들린다. 깜짝 놀랐다. 처음엔 버스 교통카드를 인식기에 갖다대면 으레 나는 소리인 줄 알았다. 그런데 목소리가 달랐다. 카드 인식기에서 울리는 낭랑하고 정제된 목소리가 아니다. 투박한 경상도 사투리 톤에다 가래 끓는 중년 남자 목소리다. 차에 오르는 승객마다 일일이 인사를 한다. 중학생이나 심지어 막내아들뻘 되는 초등학생에게도 높임말로 한다. 직장에서 퇴직 후 시내에 볼일이라도 있으면 버스를 자주 이용하는 편이지만, 이렇게 차에 오르는 승객에게 인사하는 건 처음 본다.

옛날 교통수단이 버스나 열차밖에 없었던 시절, 시내에 나갈라치면 버스를 이용했었다. 그러나 지금은 가까운 거리도 대부분 자가용을 이용한다. 요즘 버스 승객은 연세 드신 노인이나 나이 어린 학생들이 대부분이다. 돈이 궁한 층이라고 생각하는지. 시내버스를 타보면 무시당한다는 기분이 들 때가 한두 번이 아니다. 차에 오르자마자 바로 출발해버려 하마터면 쓰러질 뻔한 적도 여러번 있었다.

그러나 오늘은 다르다. 보따리를 둘러멘 할머니가 좌석에 앉는 걸 보고서야 차가 움직인다. 차량 운행 시간도 있을 텐데…. 그리고 보니 얼굴도 복장도 단정하다. 머리는 까맣게 염색하고 넥타이까지 매고 있다.

오르는 승객마다 "고객님 어서 오십시오." 라는 인사말에 모두 얼떨떨한 표정이다. 자리에 앉은 승객들 얼굴에 웃음이 가득하다. 승차하는 사람뿐만 아니라 내리는 사람에게도 "안녕히 가십시오."라고 인사를 한다.

보따리 할머니가 내릴 채비를 한다. 차를 스르르 조심스럽게 정차시킨다. 할머니를 모친이나 누나뻘 되는 사람으로 생각하는 모양이다. 예의 "안녕히 가십시오."가 떨어지기 무섭게 이번에는 할머니가 한마디 하며 내린다.

"기사님, 고맙심데이."

뜬금없이 모 시인의 시(詩) '해피 버스데이'가 떠오른다. 생일에 자주 불렀던 '해피 버스데이 투 유'도 귓전을 맴돈다.

그래 맞아. 오늘은 행복(happy)한 버스를 탄 날(day)이다.

객토客土

늦깎이 K 학생의 가곡 '아베마리아'가 끝이 났다.

프로 성악가 못지않은 노래 실력이다. 두 손을 가지런히 모은 채 객석을 향해 인사를 하자 박수소리가 요란하다. 하얀 드레스 차림으로 무대를 내려오는 K 학생이 부럽다. 그나저나 이번엔 내 차례다. 잘할 수 있을는지. 가사는 틀리지 않을지. 두어 시간 전, 널따란 연주회장에 들어설 때부터 콩닥거리던 새가슴이 아직도 가시지 않는다. 많은 사람 앞에 서기만 하면 으레 나타나는 그놈의 울렁증, 언제 없어지려나. 그러나 어찌할 도리가 없다. 부딪혀 보는 수밖에.

무대 위로 나오라는 지도교수의 손 신호가 떨어진다. 거울 앞에서 까만 나비넥타이를 고쳐 매고 조심스럽게 무대 위로 올라서자 천장을 타고 내려오는 조명 한 줄기가 인사를 한다.

'늙은 학생 크게 걱정하지 않아도 됩니다.'라고.

숨을 크게 한번 들이쉰 다음 배에다 힘을 주고 발표 곡 '산촌'을 부른다. 다행히 감미로운 피아노 선율이 길을 터준다.

"달구지 가는 소리는 산령을 도는데.
- 중략 -
박꽃 향내 흐르는 마을 천년만년 누려본들 싫다손
뉘 하랴."

피아노 소리가 멈추자 노래도 끝이 났다. 생각보다는 떨지 않았다. 연습 때 그렇게 헷갈리던 가사도 틀리지 않았다. 객석을 향해 꾸벅 절을 하니 박수소리가 요란하다. 우우, 추임새를 넣어주는 사람도 있다. 노래 부르는 내내 잔뜩 굳었던 아내 얼굴에도 환한 웃음꽃이 핀다.

무대에서 내려오자 언뜻 지난 3년 동안 가곡 수업 받던 일이 주마등처럼 지나간다. 문우인 K 교수의 권유에 따라 매주 수요일이면 Y 대학교 가곡 교실 문턱을 넘나들었다. 솔직히 처음엔 많이 어색했다. 난생 처음 입어본 까만 연미복처럼 어쩐지 내 몸에 맞지 않는다는 생각마저 들었다. 그러나 그게 아니었다, 시간이 흐를수록 솔솔 재미가 붙었다. 가슴 밑바닥을 훑고 지나가는 선율의 매력에 나도 모르게 빠져들었다.

TV에 자주 나오던 모 상품 광고처럼 어떻게 말로는 표현할 수 없는 울림이 있었다.

남자는 의학적으로 삼십 대부터 매년 1%씩 남성 호르몬이 줄어든다고 한다. 남자가 어느 날 드라마를 보기 시작하면 아내는 긴장한다는 신문기사를 본 적이 있다. 내 나이 이순 문턱을 넘고 보니 젊었을 때와는 많이 다르다. 별일 아닌 것에도 섭섭함을 느끼고 가끔은 삐치기도 한다. 돌아서면 금방 후회하면서. 그럴 때면 아내가 '삐돌이'라고 놀려 댄다. 참 묘하다. 가곡 한 소절이, 한 장의 원고지가 삐돌이 병을 고치는 특효약일 줄이야.

오늘 점심나절, 아내와 함께 옥실 마을로 가는 자드락길을 걷는다. 야트막한 산기슭에 나 있는 조붓한 이 길을 눈 맛, 걷는 맛이 좋아 자주 이용하는 편이다. 길섶의 나무가 맨살을 드러내 놓고 떨고 있다. 내려앉은 겨울 햇살이 기댈 곳이 없어 도리어 무안해한다.

산 비알밭에는 허리 구부정한 농부가 경운기 뒤에 실린 황토를 삽으로 퍼낸다. 객토하는 중이다. 오랫동안 화학 비료에다 농약만 치다 보니 땅심이 빠져 버렸으리라. 농사지을 젊은이가 없어 묵정밭이 수두룩한 요즈음에 객토라니. 삽질하는 할아버지 등허리에는 농심이 묻어 있다.

문득 지나온 내 삶, 땅심이 다 소진해버린 저 남새밭과 별

반 다르지 않다는 생각이 든다. 그간 오랜세월을 매연 풍기는 회색 도로에서, 터널 같은 지하철에서 부대끼며 살아왔다. 네 모꼴 사무실에서는 분칠한 얼굴로 어릿광대춤을 추기도 했다. 보이지 않는 밧줄에 얽매여 나 자신을 잊어버린 채 정신 없이 달려오다 보니 갑년(甲年)이 훌쩍 지나갔다. 마음의 진기가 다 빠져 버렸다. 삶의 수레가 크게 한 바퀴 돌아간 긴 시간 동안 객토 한번 제대로 하지 않았다. 이제부터라도 푸석한 마음밭에 덧흙이라도 뿌려야겠다. 그 객토가 비록 한 소절의 가곡이나, 한 장의 원고지가 될지라도.

빈 밭 한구석에는 노파가 저무는 하루해를 등에 진 채 희아리가 주렁주렁 매달린 고추 줄기를 태운다. 일평생 농투성이로 살아온 할머니. 땅심 걱정하는 마음이 밭고랑 같은 노파의 주름살 위로 내려앉는다. 밭 가운데에 놓여 있는 경운기를 보니, 그 옛날 아버지가 객토를 가득 싣고 집 앞 밭으로 오던 소달구지가 눈앞에 어른거린다. 지난주 가곡 연주회 때 불러본 '산촌'이 귓전에서 앵앵거린다. '주인님 한번 불러보시죠'라며 떼까지 쓴다.

"달구지 가는 소리는 산령을 도는데…."

밭에서 삽질하고 있던 농부가 멍하니 처다본다.

'웬 늙수그레한 사람이 길 가다 말고 노래를 다 부르느냐.'는 표정으로.

홍시 표 립스틱

택배 편으로 감 한 상자가 배달되었습니다.

시골에서 농사를 짓고 있는 손아래 동서가 보낸 감입니다. 상자에는 흙이 덕지덕지 묻었습니다. 허접스러운 끈으로 묶은 모양새 또한 촌스럽기 그지없습니다. 솔직히 꺼내 먹고 싶은 마음이 나지 않습니다. 나도 모르게 얼굴빛이 뚱해집니다. 그런 나를 흘깃 쳐다보던 아내가 동여맨 상자 끈을 풀면서 중얼거립니다.

"아이고 저 양반, 까다로운 성정머리 아직 버리지 못하고 있네."

삼십 년 넘게 한솥밥 먹다 보니 낯빛만 봐도 속내를 다 읽는 아내입니다. 풀어놓은 상자 속에는 잘 익은 동이 감이 가득 담겼습니다. 양볼이 빨갛게 물이 들었습니다. 뒷모습만 봐도 가슴이 쿵쾅거리던 고향 동네 뒷집 순이 볼을 닮았습니다. 촌티 줄줄 흐르는 겉모습과는 완연하게 다릅니다. 사람 마음 참으로 간사합니다. 조금 전까지만 해도 땟국이 흐른다고 홀대했던 감이지만 눈앞의 홍시를 보니 금세 입에 침이 고입니다. 아내가 인물 좋은 놈 하나를 골라 건네줍니다. 한입 베어 물어보니 이루 말할 수 없이 달콤합니다.

갑자기 사십 년 전에 영면하신 어머니 생각이 납니다. 한겨울 장독 깊숙하게 묻어둔 홍시를 꺼내어 입안에 넣어 주던 어머니의 선한 눈빛이 감 상자 위에 일렁거립니다.

나에게는 고치기 어려운 벽(癖)이 하나 있습니다. 귀가 순해진다는 이순(耳順) 문턱을 넘어선 나이인데도 허우대만 멀쑥하면 속까지 꽉 찬 줄만 아는 덜 여문 버릇입니다. 오늘도 그랬습니다. 잘 익은 동이 감을 후줄근한 상자에 담았다고 낯빛까지 변하는 못난이입니다. 그나마 은퇴 후 수필 교실 문을, 시낭송 문화센터 문고리를 잡은 뒤부터는 조금씩 나아지고 있습니다. 가곡 교실 피아노 소리를 들은 후로는 한결 덜합니다. 그러나 아직 멀었습니다.

아내가 홍시 반쪽을 떼어 입속으로 넣고 있습니다. 아내 입가에 '홍시 표 립스틱'이 묻었습니다. 성(姓)이 홍 씨라서 그런지 유난히 홍시를 좋아하는 아내입니다.

오늘은 내 대답이 못마땅한지 반쪽만 먹다가 내려놓습니다.

물억새

파아란 강물이 볕바라기를 한다.

한낮 햇살이 간지러운지 반짝반짝 몸을 뒤척인다. 시월의 끝자락, 가을이 제법 깊었다. 강 둔치에는 억새가 물결을 이루고 있다. 단풍이 가을의 수채화라면 억새는 가을의 물결이리라. 심술쟁이 바람 한 자락이 들녘을 지나 억새밭으로 몰려온다. 서걱서걱 억새가 수런거리며 춤사위를 벌인다. 넘실대는 억새 바다에 발을 담그니 내 마음에도 은빛 파도가 출렁인다.

지난여름에는 태풍이 잦았다. 위력도 대단했다. 싹쓸이 바람 '볼라벤'이 오던 그날 밤에는 잠을 제대로 이루지 못했다. 번갯불이 번쩍하더니 우르르 쾅쾅 천둥소리가 요란했다. 아파트 화단 옆 늙은 살구나무가 몸을 비틀며 비명을 질러 댔

73

다. 이튿날 새벽녘, TV를 켜니 밤새 엄청난 양의 호우가 쏟아졌다고 뉴스는 전한다. 도로는 파이고, 간판과 지붕이 통째로 날아 가버린 곳도 보인다. 한반도 전역을 오뉴월 보리타작 하듯 훑고 지나갔다. 이 강가라고 무사할 리가 없었다. 아니 더했다. 붉은 흙탕물이 널따란 억새밭을 짓뭉개 버렸다. 상류에서 떠내려온 허섭스레기들이 억새밭에 지천으로 널려 있었다. 억새 꼴이 말이 아니었다. 기력이 쇠잔한 노인 몰골을 한 채 진흙 바닥에 드러누워 울고 있었다. 저 억새에 무슨 죄가 있다고 이렇게 혹독한 시련을 주는 걸까.

억새는 산 능선이나 펀펀한 민둥산에서 잘 자란다. 갈바람에 콧노래도 부르고, 오가는 벌 나비나 철새들에게 인사도 건네며, 고개를 넘나드는 구름에게 안부를 묻는, 산등성이가 억새의 안태고향이다. 그러나 물억새는 태어난 땅부터 척박하다. 큰물이 지면 진흙탕 속에서 한 이틀간 자맥질을 한다. 한여름이면 향기를 뿜어대는 들꽃과는 달리 푸대접을 받는다. 그러다 보니 외로움을 많이 탄다. 오가는 이들에게 사르륵사르륵 꼬리를 쳐보지만 누구 하나 거들떠보지도 않는다. 속울음도 많이 삼켰으리라.

그런 물억새가 한여름 뙤약볕에도, 그 모진 비바람에도 꺾이지 않고 다시 일어나서 저렇게 몸을 살긋살긋 흔들며 춤사위를 벌이다니.

두어 달 전이다. 서울에 있는 막냇동생으로부터 전화가 왔다.

"형님, 저 이번에 전기기능장 시험에 합격했어요." 몹시 흥분한 목소리였다. 천 명이 넘는 회사원 중에서 기능장 자격증을 가진 사람은 손가락 꼽을 정도라고 한다.

동생은 다랑논밭떼기가 촘촘하게 박혀 있는 시골 농사꾼집에서 팔삭둥이로 태어났다. 산통이 시작되던 그날 밤, 할머니는 태어날 아기보다 산모 몸부터 먼저 살폈다. 어머니 나이 사십 대 초반, 한창때이지만 천식이라는 지병으로 골골했기 때문이다. 그렇게 태어난 동생은 엄마 젖 한 모금 제대로 먹지 못했다. 늘 쌀뜨물을 먹고 자라서인지 바싹 마른 몸에 얼굴에는 핏기가 없었다. 그나마 어머니는 오래 사시지 못했다. 동생이 태어난 지 이태 만에 하늘나라로 가버렸다. 그러다 보니 열다섯 살 먹은 누이가 막내의 엄마 역할을 도맡아 했다. 밥 챙겨 주는 일부터 빨래며 목욕까지도…. 그 어린 누이가 뭘 제대로 했을까? 동생은 여름이면 모기 등쌀에 다북쑥 향이 배어 있는 살평상 위에서 뒹굴다가 혼자 잠이 들곤했다. 초등학교 때 소풍이라도 가는 날이면 김밥 타령에 누이와 입실랑이도 종종 했었다. 포근한 엄마 품에 제대로 한번 안겨보지 못하고 자란 막내가 그 어렵다는 시험을 마흔 중반 되는 나이에 합격하다니. 가슴이 먹먹해 온다.

우리집 아파트 베란다에는 선인장 화분이 대여섯 개 놓여 있다. 몇 해 전 시골 사는 친구가 보내준 것이다. 처음 한두 해 동안은 아침 저녁으로 물도 주고 청소도 했다. 금이야 옥이야 자식 기르듯 돌봤다. 그러던 것이 언제부터인가 심드렁해졌다. 자주 하던 눈맞춤도 뜸했다. 윤기 자르르 흐르던 선인장이 시간이 지날수록 시들시들하고 추레해져 갔다. 그래도 나는 별 신경을 쓰지 않았다. 지난겨울 어느 날 오후 아내의 탄성이 들렸다. "여보 선인장에서 꽃이 피었어요." 그냥 내버려 둔 선인장에서 예쁜 꽃을 피우다니. 그것도 지지리도 못생겨 한쪽 구석으로 밀려나 있던 선인장이 아니던가.

　노자의 〈도덕경〉에 "섭생을 잘하는 사람은 죽음의 땅에 들어가지 않는다(善攝生者 以其無死地)"라는 말이 있다. 섭생의 섭(攝)은 억제하는 것으로, 내 생에 대한 집착을 줄이고 억제할 때 그 생은 오히려 더욱 건강해질 수 있으며, 거친 음식을 먹고 조금은 춥고 힘들 때 오히려 인간의 생명은 최적화될 수 있다는 말을 라디오에서 들은 적이 있다. 비닐하우스에서 키운 화초는 찬바람을 쐬면 금세 죽지만 야생화는 죽지 않는다. 좋은 것 먹고, 좋은 옷 입고, 온실 같은 좋은 집에서 생활하는 요즈음의 젊은이들이 섭생(攝生)의 이치를 알았으면.

　바람이 분다. 억새 허리가 휘청하더니 일어선다. 다시 바람이 분다. 억새 허리가 심하게 꺾이더니 또다시 일어선다. 현

란한 춤사위까지 내보인다.

한여름 그 몰아치는 태풍을 이겨 내고 고운 날갯짓을 하는 저 물억새가, 팔삭둥이로 태어나 엄마 품에 제대로 한번 안겨 보지 못한 막냇동생이, 추운 겨울 아파트 베란다에서 꽃대를 달고 있는 선인장이, 노자가 말한 선섭생자(善攝生者)가 아닐까.

갑자기 억새가 대견스러워 보인다. 나도 모르게 억새밭으로 들어선다. 물억새 대궁을 손으로 살며시 만져본다. 살랑살랑 거리는 억새의 애교가 손끝에 전해온다. 내 마음도 억새의 춤사위에 맞춰 살랑살랑거린다.

부부 우체통

우체통이 입을 헤벌린 채 서 있다.

도회지 번듯한 우체국 앞 우체통이 아니다. 산골 중의 산골인 영양 일월산 둘레길 일명 '외씨버선길'가 우체통이다.

'사랑하는 이에게, 그리운 이에게…'라고 시작되는 풋처녀 가슴 설레는 시 한 편을 가슴에 달았다. 그것도 싱글 우체통이 아닌 부부 우체통이다. 궁합이 잘 맞는 빨간색과 연초록색 옷을 입고 오가는 산객(山客)을 맞이한다. 얼굴에는 윤기가 자르르 흐른다. 새소리, 계곡 물소리, 솔향기에 취해서일까. 매연 풍기는 아스팔트 도롯가의 때에 전 우체통과는 사뭇 다르다. 같이 가던 아내가 우체통 앞에서 발을 뗄 줄을 모른다.

칠십 년대 초반 강원도 최전방에서 군 생활 하던 때이다. 우리 부대 통신병인 신 일병이 첫 휴가를 가고 난 후부터 일은 벌어졌다. 집으로 간 지 채 일주일도 안 된 어느 날, 이름도 처음 들어 보는 고등학교 여학생들로부터 편지가 날아들기 시작했다.

'눈보라 치는 전선에서 나라를 지켜주시는 국군 아저씨들 덕분에 후방에 있는 저희는 두 다리 쭉 뻗고….'라는 모범 답안을 베껴 쓴 위문편지가 아니었다. '오빠' 또는 '성한 씨'로 시작되는 편지였다. 그 시절 유행하던 펜팔 친구에게 보내는 편지투였다. 나한테 온 편지만 그런 게 아니었다. 편지를 받아본 여남은 동료 병사의 편지가 비슷하였다. '군에 오기 전 연애편지 하나는 끝내주게 썼다.'며 입에 침이 마르도록 자랑하던 무전병 박 상병도 편지를 읽을 때는 얼굴이 발갛게 물이 들었다.

그런데 바깥세상에서는 알 수 없는 부대명과 장병들 이름을 어떻게 알고 편지를 보냈을까? 그 비밀은 오래가지 않았다. 휴가를 마친 신 일병이 귀대하자 금세 베일이 벗겨졌다. 사연인 즉 서울 S 여자고등학교에 다니는 신 일병 여동생이 주소와 이름을 같은 반 친구들에게 쭉 돌린 모양이다. 신 일병 여동생은 그 학교의 교련 대대장이라던가, 아무튼 간부로서 학교내에서 말마디깨나 하는 학생이었다. 그런 그가 반 친구들에게 오빠와 같은 부대에 있는 국군 아저씨들에게 편지를 쓰라고 종용을 한 모양이었다.

그렇게 해서 주고받게 된 편지. 생기발랄한 여학생들의 일상이 글 속에 오롯이 담겼다. '에메랄드 빛 하늘이 환히 내다뵈는 우체국 창문 앞에 와서 성한 오빠에게'라고 유치환의 '행복' 시(詩) 구절로 시작되는 편지가 있는가 하면, 정지용의 '향수'를 눈 지그시 감고 읊조린다는 총각 선생님을 짝사랑하는 듯한 얘기도 들어 있었다. 월요일이면 운동장에서 늘 똑같은 목소리로 똑같은 말씀만 하시는 교장 선생님 훈화가 지겹다는 투정까지도…. 시간이 지남에 따라 관물대(사물함) 밑바닥에 숨겨 놓은 편지 봉투 숫자도 늘어갔다.

그 이듬해 5월인가, 여학생들이 면회를 왔다. 명분은 신 일병 오빠 면회지만 내심으로는 편지를 주고받던 우리가 궁금했는지도 모른다. 토요일 오후이던 그날, 부대 면회실에는 여학생 네댓 명이 우리를 기다리고 있었다. 그러나 웬걸, 첫 대면에 실망하는 기색이 역력하였다. 늘 뽀얀 피부에 해맑은 얼굴의 서울내기들만 보다가 봄볕에 새까맣게 그은 얼굴에다 빡빡머리, 추레한 군복 차림새이니 그럴 만도 했으리라. 굴러가는 말똥만 봐도 까르르 웃는다는 사춘기 소녀 눈에는 우리같은 '땅개'(육군 보병을 일컫는 속어임)들은 영락없는 촌뜨기로 보였으리라.

빨간 등산복에 챙 넓은 모자를 쓴 중년 부인이 우체통 앞에서 있다. 배낭에서 하얀 종이와 볼펜을 끄집어내더니 뭔가를 쓰기 시작한다. 그윽한 눈길로 우체통을 바라보다가 다시 쓴다. 얼굴에는 간간이 미소가 번진다. 첫사랑 애인에게 편지를 쓰는 걸까.

아내가 가자며 손을 확 잡아끈다. 뭘 그리 유심히 보느냐는 투다.

"옛날이나 지금이나 그놈의 질투심은 여전하구면."

중얼거리는 소리를 들었는지 아내 눈꼬리가 올라간다. 한참을 가다 뒤돌아보니 그 여인, 아직도 종이에서 눈을 떼지 않고 있다.

사십 년 전의 그 소녀들도 지금 저 여자 나이쯤 되었을 거다.

그녀들도 어느 길모퉁이에 서 있는 빨간 우체통을 보면 그 옛날 국군 오빠들이 생각날까. 그래, 그 여학생들도 궁합이 맞는 저 부부 우체통처럼 오순도순 잘살고 있을 거야.

여보! 비가 와요

성암산 초입에 들어서니 다행히 비가 그친다.

산 오름 길섶에는 오종종한 야생화들이 눈인사를 한다. 두어 달 전까지만 해도 옹알이하던 연초록색 이파리들이 진초록 옷으로 갈아입었다. 조붓한 산길이 생각보다 가파르다. 숨이 턱턱 막힌다. 장마 중이라 후덥지근한 날씨 탓인지 땀이 비 오듯 흐른다.

산등성이 너럭바위에 걸터앉아 아내가 싸준 김밥 한 줄과 커피로 어설프게 먹은 아침 식사를 보충한다. 바위 너머로 봉긋하게 솟은 쌍분(雙墳)이 보인다. 그 흔한 비석조차 없는 묘지이지만 말갛게 이발을 했다.

여러 해 전 여름날 일가붙이 네댓이 선영(先塋)에 벌초하러 갔다. 어설픈 일꾼이라 그런지 그날 조그만 사고가 났다. 가운뎃손가락에 가시가 박혔다. 그 옛날 쇠꼴 베던 시절 이 정도 상처는 다반사로 일어나는 사고였다. 약국에서 사온 연고만 바르고는 그냥 내버려 두었다. 그런데 며칠이 지나도 낫지 않았다. 손가락이 퉁퉁 붓고 쓰렸다. 동네 병원에 가보니 종합병원에 가보라고 했다. 겁이 덜컥 났다. 직장에 휴가를 내고 대구에 있는 Y 대학병원에 가니 수술을 해야 한단다. 손가락 하나 가시에 찔린 것뿐인데 무슨 수술까지…. 뚱한 표정의 나를 힐끔 쳐다본 의사 선생님 왈, 그냥 놔두면 손가락을 잘라야 할지도 모른다며 알아서 하라는 투였다. 하루아침에 환자답지 않은 환자가 되어 난생 처음 입원했다. 환자복 차림에 온종일 병원 침대에서 뒹구는 나날이었다. 소독약 냄새는 왜 그리도 진동하는지. 한밤중이면 들려오는 옆 침대 노인의 앓는 소리는 어떻고. 마치 감옥에 갇힌 기분이었다.

다람쥐 쳇바퀴 돌 듯한다고 투덜대며 출근하던 우체국 일상이 그리웠다. 아침이면 장꾼들로 북적대는 장터 같은 우편실이 눈에 어른거렸다. 해맑은 여직원들의 웃음 띤 얼굴도, 부르릉 오토바이 소리내며 우체국 정문을 나서는 구릿빛 집배원 얼굴도 보고 싶었다. '범사에 감사하라.'는 성경 구절도 생각이 났다.

지난밤에는 신달자 시인의 『나는 마흔에 생의 걸음마를 배웠다』는 산문집을 읽었다. 뇌졸중으로 쓰러진 남편을 무려

24년간이나 수발하며 깨달은 인생의 빛과 그림자를, 사랑하는 제자 '희수'에게 들려주는 형식으로 써내려 간 직정(直情)한 얘기이다.

책 본문 중 '여보! 비가 와요.'라는 대목에 가슴이 울컥했다. 남편이 살아 있을 때는 몰랐던 '비가 와요.', '국이 싱거워요.' 등 일차적인 가벼운 말들이 무척이나 그립다는 내용이다. 소소한 일상이 소중하다는 것을 깨닫게 해준 책이다.

끄무레하던 날씨가 다시 비를 뿌리기 시작한다. 배낭을 챙겨 들고 막 발걸음을 옮기려는 순간 휴대전화가 운다.

"여보! 비가 와요. 조심해서 내려오세요."

아내의 전화이다. 발걸음이 가벼워진다.

그래 맞아. 번지르르한 말보다 가벼운 말 한마디가 몸도 마음도 가볍게 하는 모양이다.

아비가 미안해

치지직! 용접 불꽃이 튄다. 탕탕탕, 망치 소리도 들린다.

막일꾼들이 서너 길 되는 높다란 난간에 걸터앉아 쇠파이프 잇는 작업을 한다. 망치 소리가 날 때마다 난간대가 흔들거린다. 광대가 외줄 위에서 곡예를 하는 것 같다.

집에서 그리 멀지 않은 곳에 반세기도 훨씬 지났을 법한 기차역이 있다. 지난봄부터인가, 그 낡은 역사를 뜯어내고 새로이 3층 건물을 짓는다. 동살이 희번한 새벽녘이면 막일꾼 일명 '노가다'들이 속속 이곳 공사장으로 모여든다. 머리에는 빛바랜 헬멧을 쓰고 허리에는 공구자루를 찼다. 입성이 추레하다. 땀에 전 조끼에다 낡아빠진 등산복 차림이 대부분이다. 얼룩무늬 군복을 입은 사람도 눈에 띈다. 신발은 흙이 덕지덕지 묻었다. 군화인지 작업화인지 구분이 잘 안 된다.

나이 또한 꽤 들어 보인다. 얼굴에는 주름살이 가득하고 헬멧 밑으로 허연 머리카락이 삐죽 나왔다. 언뜻 봐도 예순을 넘긴 사람이 태반이다. 요즘 어느 막노동판이나 마찬가지지만 젊은 사람은 찾아보기 힘들다. 대학을 졸업하고 취업 못 한 이른바 '청년 백수' 들도 이런 험한 일터에는 나오지 않는다.

갑자기 여자들의 수다로 기차역 앞이 왁자지껄하다. 뒤를 돌아보니 30, 40대로 보이는 여인네들이 삼삼오오 모여든다. 검정 선글라스에 형형색색의 등산복을 입었다. 제법 값이 나가는 잠바이다. 등산화도 세칭 일류 메이커를 신었다. 언젠가 시장통 들머리에 있는 등산복 가게에 들렀을 때 아내가 눈독만 들이다가 그냥 나온 옷이며 신발이다.

오랜만에 만나는 모양이다. 만나자마자 포옹을 하며 안부를 묻는다.

"전번에는 안 오셨던데 무슨 일이 있었어요?"

"해외(海外)에 좀 다녀오느라고."

"해외 어디? 동남아? 유럽?"

"……"

대답하기가 쑥스러운지 머뭇머뭇한다.

"아니 제주도에 좀 다녀오느라고."

"까르륵 깔깔깔"

웃음소리가 자지러진다. 직장으로, 학교로 바쁘게 걸어가는 사람들이 힐끔힐끔 쳐다본다. '아침부터 웬 수다냐.'라며 얼굴을 찡그리며 역을 빠져나가는 양복쟁이도 보인다.

건물 맨 꼭대기 얼개 난간을 잡고 살금살금 걸어가던 김 씨가 웃음소리에 놀라 걸음을 멈추고 아래를 내려다본다. 막노동판에서 '김 씨'라고 불리는 난간 위 저 사람은 어릴 때 이웃 마을에 살던 동생뻘 되는 사람이다. 남들이 부러워하는 참한 건설회사에 다니다가 외환위기 때 실직을 당했다.

"나도 그놈의 IMF만 아니었어도…."

그때이다. 2층 세로 벽 사이에서 번쩍 스파크가 일더니 용접 불꽃 가루가 기차 선로 위로 우수수 쏟아진다. 순간 용접공 몸이 뒤로 젖혀진다. 쳐다만 봐도 아찔하다. 무슨 사연이 있어 저 위험한 곳에서 일하는 건가. 하루 품삯도 많지 않다는데. 다들 저 김 씨처럼 십여 년 전 외환위기 때 실직을 당하고 얼마 안 되는 퇴직금으로 이것저것 손을 대보다가 말아먹은 것인가. 아니면 제대로 된 학교 한번 못 가본 죄(?)로 일평생 공사판만 돌아다니는가.

그러나 지금은 이일저일 가릴 처지가 아닐 것이다. 대학 들어간 두 아들 녀석 등록금 마련에다, 다 큰 딸내미 시집갈 때 혼수라도 마련해 주려면 아직 멀었다. 저 난간에서 일하는 김 씨 사정이 그렇다는 얘기다. 김 씨네 자식들은 참으로 효자이다. 고시공부를 하는 큰아들은 그렇다손 치더라도, 이제 스무 살 갓 넘은 둘째가 지난 여름방학 때에는 아버지 몰래 막노동 판에서 아르바이트한 모양이다. 딸내미는 또 어떤가. 간호대학을 졸업하고 병원에서 일하고 있다. 매달 동생들 용돈을 부모 몰래 보낸단다.

언젠가 노을이 질 무렵 역 앞 대폿집에서 막걸릿잔을 기울일 때 울먹하는 김 씨 얼굴을 본 적이 있다.

모두 세상 살기 좋아졌다 하지만 먼지 날리는 곳에서 땀 흘리며 일해야 하는 일용직 노동자들은 아비 노릇 제대로 하기가 힘든 세상일 게다.

탕탕탕!

김 씨의 망치 두드리는 소리가 오늘따라 유난히 크게 들린다. 아니 '아비가 미안해'라는 소리로 들린다.

민 과장이 돌아오다

민 과장이 결근하다니.

그건 분명 뉴스거리를 넘어 사건이었다. 지금까지 이런 일은 한 번도 없었다. 남들 다 가는 여름휴가조차 가지 않던 민 과장이다. 그것도 연중 가장 바쁜 시기인 10월에 말 한마디 않고 출근하지 않았다.

민 과장은 늘 일찍 출근한다. 집에서 회사까지 제법 먼 거리인데도 남들보다 먼저 나온다. 사무실에 도착하자마자 책상을 정리하며 그날의 일거리를 꼼꼼하게 챙긴다. 가끔은 나이 젊은 부장 책상도 정돈한다. 고졸이라는 짧은 가방끈에다 특별한 재능이 없다 보니 몸으로라도 때워야 자리를 보전하기 때문이다. 그렇다고 일찍 퇴근하는 것도 아니다. 항상 늦다. 마케팅 부서에서 농산물을 사고 파는 중계업무를 맡다 보니 고객들 문의 전화가 퇴근 시간 무렵에 쏟아진다. 말이 좋아 문의 전화이지 항의 전화가 대부분이다. 생산자는 생산자대로, 소비자는 소비자대로 자기주장만 내세운다. 반말은 기본이고 욕설까지 퍼부어댈 때도 있다. 그러나 어떻게 할 것인가. 죄라면 그 일을 책임맡고 있다는 죄뿐인 것을.

그런 스트레스 때문인지 민 과장은 그냥 집에 가는 날이 없다. 땅거미가 물안개 퍼지듯 내려앉는 저녁 무렵이면 어김없이 한 잔 걸치고 난 후 집으로 향한다. 남들 다 끊은 담배를 아직도 피운다. 술자리에서는 줄담배다. 요즈음 민 과장 얼굴이 많이 수척하다. 책상 서랍에는 약봉지가 수두룩하다. 가끔 옆 사람 눈치를 봐가며 입에 털어넣곤 한다. 지난봄에는 2년에 한 번 하는 건강검진조차 받지 않았다. 병원차가 회사 뒷마당에 들이닥치자 별일도 없으면서 외출을 해버렸다. 말은 안 해도 몸이 좋지 않은 모양이다. 언젠가 퇴근 후 회사 뒤 막걸릿집에서 하던 말이 생각난다.

"언제 잘릴지도 모르는 58년생 개띠, 몸이라도 성해야 하는데. 더구나 만년 과장 주제에."

그런 민 과장이 이틀 후에 돌아왔다. 활짝 웃으며 나타났다. 풀이 죽은 얼굴이 아니다. 얼굴색도 전보다 좋아졌다. 쳐다보는 우리가 오히려 어리둥절하다. 한 성질하는 부장도 어이가 없었던지 껄껄 웃고 만다.

"아이고, 이왕 쉬려고 마음을 먹었으면 며칠 푹 놀다 올 것이지, 겨우 이틀만에."

맞은 편 김 과장이 혀를 끌끌차며 안쓰러운 눈으로 바라본다.

그날 퇴근 무렵이다. 옆자리 꾀쟁이 김 대리가 옆구리를 쿡 찌른다. "모처럼 오신 과장님, 위로주(慰勞酒) 한잔하자."라며 꼬드긴다. 이래저래 술 핑계는 많다. 늘 가던 그 술집에 독수리 오형제가 모였다. 민 과장, 김 대리, 박 대리에다 가슴팍 파인 옷에 하의실종 패션을 좋아하는 자칭 공주님까지 합석했다. 마른논에 물 잦듯이 막걸리가 몇 순배 돌고 나니 모두 얼굴이 불쾌하다. 민 과장의 목소리가 높아지기 시작한다. 예의 그 버릇이 또 나온다.

"그러니까 3일 전이었어요. 늘 그래 왔던 것처럼 새벽같이 일어나 밥 한술 뜨고 집을 나섰지요. 그냥 사무실을 향해 차를 몰았어요. 그때 차창 너머로 보이는 가을 하늘이 얼마나 파랗던지. 손끝으로 살짝 건드리기만 해도 파란 물감이 왈칵 쏟아질 것만 같았어요.

한 15분쯤 가다 보니 수목원이 보였어요. 길가에는 은행나무가 노란 이파리를 달고 줄지어 서 있었어요. 바바리코트 차림에 머플러를 한 처녀가 그 길을 걸어가더군요. 때마침 불어오는 갈바람에 은행나무 이파리가 처녀 머리 위로 우수수 떨어졌어요. 갑자기 외롭다는 생각이 들더군요. 뜬금없이 고향 마을도 생각났고요. 나도 모르게 핸들을 확 꺾었지요. 회사로 향하던 길 반대 방향이었어요. 참 이상했어요. 지금 생각하니 그 안날 저녁 일도 한몫 거든 것 같았어요.

그저께 퇴근 시간이었네요. 그날 따라 민원 전화는 왜 그리도 많은지. 부장이라는 작자는 왜 못살게 들들 볶는지. 골이 지끈지끈 다 아팠다니까요. 그래서 혼자 뒷골목 소줏집에서 한잔했지요. 빈속에 술을 연거푸 들이켜서 그런지 꽤 취하더군요. 흐느적거리며 집에 들어오니 아내조차 시큰둥하게 맞아 주었어요.

'여보 힘들지, 당신 좋아하는 된장국 끓여났어.'가 아니고 '그래 허구한 날 술 마시는 인간아, 그 일을 하고 이제 오느냐.' 라는 식이었어요.

그러면서 TV 드라마를 보느라 눈조차 맞추지 않더군요. 제 어미와 같이 소파에 앉아 TV를 보던 딸내미는 '아휴 술 냄새야, 아빠는 맨날 술이야.'라며 자기 방으로 쑥 들어가 버리더군요. 괘씸한 생각이 들었어요. 저걸 그냥…. 순간적으로 열이 올라 소리라도 한번 지르고 싶었지만, 성질 나쁜 마누라 건드려 봐야 좋을 게 없다는 생각에 꾹 참았어요. 그런 게 복합적으로 작용하였던 것 같았어요. 아무튼 이상했어요. 갑자기 고향이 왜 그리도 가고 싶었는지.

　도회지 회색 도로를 벗어나니 널따란 들녘이 보였어요. 가슴이 뻥 뚫리더군요. 시월 끝자락, 금빛 물결이 넘실대는 들녘이 만삭 여인을 닮았다는 생각이 들었어요. 허리 구부정한 노인이 논둑에 서서 벼와 눈맞춤을 하고 있더군요. 스무 해 전에 영면하신 아버지를 닮았어요. 자동차를 세워 놓고 한참이나 바라보았지요.

　한 두어 시간 달려가니 고향 마을이 보이더군요. 어미소 잔등이 같은 능선이 마을을 포근하게 감싸고 있고, 앞들 논에는 황금빛 벼가 고개를 숙이고 있는 그곳이 제 고향 마을이예요. 마치 어머니 품속 같은 곳이지요. 그곳을 참 오랜만에 갔어요. 무엇이 그리 바쁜지.

　고향 마을, 참 많이도 변했더군요. 동네 뒷산만 의구(依舊)히 옛 모습을 간직하고 있을 뿐 동네 앞 냇가도 옛날 같지 않았어요. 내〔川〕 중간에는 잡풀이 무성했어요. 그 옛날 반두로 피라미 잡던 냇물도 바짝 말랐고요. 매년 추석날 저녁이면 아래위뜸 사람들이 한데 모여 씨름판을 벌이던 냇가의 모래톱도 조붓해졌어요.

　중학교 3학년 때인 것 같아요. 마을 뒷산 위로 보름달이 둥실 떠오르는 날, 뒷집에 사는 숙이가 찾아왔어요. 씨름 구경을 가자고 하더군요. '말만 한 여자애가 웬 씨름 구경이냐.'라고 한마디 했죠. 금세 양볼이 발그스름해지더군요. 씨름 구경 가자는 이유를 알고 있었죠. 대구에서 고등학교에 다니는 용바우 형의 씨름을 보기 위해서죠. 팔에는 이두박근 근육이 박혀 있고, 배에는 '王'자가 새겨져 있는 용바우 형의 몸매는 내가 봐도 '와' 할 정도였죠. 그러니 열여섯 살 풋처녀 가슴을 뒤흔들고도 남았겠지요.

시커먼 양철지붕에 구멍이 숭숭 나 있는 늙은 정미소 앞마당에 차를 세워 놓고, 한 십 리쯤 되는 산길을 걸어서 갔지요. 자드락 길섶에는 붉고 노란 단풍들이 소슬바람에 우수수 떨어지더군요. 산이며 들녘의 안색도 수척해지고 있는 게 가을이 깊어가고 있었어요. 문득 저 가을의 뒷모습도 나를 닮았다는 생각이 들었어요.

옛날 살던 집에 들어가 보았어요. 집 꼴이 말이 아니더군요. 기와지붕은 반쯤 내려앉았고 벽은 늙어 허리가 아픈지 곧추서 있지도 못하고 비스듬히 기대어 서 있었어요. 다행히 허리 굽은 감나무가 폐가를 지키고 있더군요. 감나무 우듬지에는 홍시가 빨간 등(燈)처럼 점점이 박혀 있었어요. 늦가을 학교에서 돌아오면 홍시 반쪽을 뚝 잘라 입에 넣어주던 어머니가 생각이 나더군요. 나도 모르게 눈물이 주르륵 흘러내렸어요.

저는 그곳에서 오 남매 맏이로 태어났어요. 이장네 집 스피커에서 흘러나오는 새마을 노래를 들으며 유년 시절을 보냈지요. '초가집도 없애고, 마을길도 넓히고…' 우리 같은 58년 개띠는 6 · 25전쟁 이후에 태어난, 이른바 베이비붐 세대이다 보니 집집이 칠팔 남매는 다 되었지요. '아들딸 구별 말고 둘만 낳아 잘 기르자.'라는 산아제한 구호도 없었어요. '제 먹을 복은 자기가 타고난다.'는 말이 나돌던 때였으니까요.

우리집은 농사지을 변변한 논밭 한 떼기 없었어요. 그러니 남의 논밭 열댓 마지기를 소작해서 부쳤지요. 한마디로 가랑이 찢어지게 가난했어요. 추수가 끝나는 늦가을이면 웃음소리가 나야 하는데 우리집은 오히려 침울했어요. 이른봄부터 얻은 장리(長利) 쌀 갚고, 지주한테 소작료 바치고 나면 겨우 겨울 한철 날까 말까 할 양식밖에 없었으니까요. 고구마로 점심 한 끼 때우는 것은 기본이고. 그러다 보니 상급학교 진학은 어려웠어요. 읍내에 있는 중학교를 겨우 마치고 대구에 있는 야간 고등학교에 다녔지요. 학비를 마련하기 위해서 신문 배달이며 초등학생 가정교사 등 안해 본 일이 없었어요. 남들처럼 때깔 좋은 새 교복 한 번 입어보지 못했지요. 언제나 사촌 형님한테서 물려받은 허름한 교복만 입고 다녔어요.

어느 봄날인가, 아버지께서 자취방으로 찾아왔어요. 시커먼 얼굴에다 꾀죄죄한 차림으로. 쑥 들어간 눈에는 눈곱까지 끼어 있더군요. 한마디로 촌티 줄줄나는 시골 농투성이였어요. 솔직히 도청에 다닌다는 주인아저씨가 볼까 두려웠어요.

문을 닫고 뚱하게 앉아 있는 나를 한참이나 바라보더니 한숨을 푹 쉬며 한마디 하더라고요. '야야 내가 미안해, 이 못난 애비가 미안하다.' 그 소리를 들으니 어찌나 눈물이 나던지. 아버지를 부둥켜안고 울었어요. 아버지께서 등을 토닥토닥 두드려 주더군요. 당신 눈에는 덩치만 컸지 어린애로 보였을 거예요.

찌그러진 우리집과는 달리 담 하나를 사이에 둔 이웃집은 그런대로 멀쩡했어요. 유년 시절 그 집에는 동갑내기 점순이가 살았어요. 점순 어머니는 아직 그집에서 살고 있더군요. 온 김에 찾아뵈었죠. 백발이 성성한 노인이 양지바른 담벼락 밑에 앉아 동이 감을 깎고 있었어요. 물동이처럼 엉덩이가 펑퍼짐하게 생겼다고 '동이 감'이라고 하지요. 다가가서 인사를 하니 귀도 어둡고 눈까지 희미해져서인지 잘 몰라보더군요. 바짝 마른 손으로 눈가를 비벼대더니 겨우 알아보았어요.

"니가 적송댁 아들이가?"

꼬부라진 허리를 펴고 겨우 일어서서 제 손을 불쑥 잡았어요. 주름살 사이로 눈물이 주르륵 흘러내리더군요. 많이 외로우셨던가 봐요. 점순 엄마, 아니 이제는 점순 어머니이죠. 돌아가신 모친하고는 친자매처럼 다정하게 지내시던 분이셨는데.

점순 어머니를 뵈니 돌아가신 부모님이 그리웠어요. 마을 뒤 부모님 산소에 갔지요. 묘지 주변에는 억새가 은빛 물결을 이루고 있었어요. 산소 앞에서 큰절을 올렸지요. 갑자기 나도 모르게 눈물이 펑펑 쏟아지더군요. 아무도 없는 산속이라 대성통곡을 했지요. 실컷 울고 나니 이상하게 가슴이 후련했어요. 옆을 보니 억새도 산자락을 타고 올라오는 건들마에 목을 놓아 울더군요.

그때야 갑자기 사무실 생각이 나더라고요. 아 참, 지금이 제일 바쁜 시기인데. 그 무거운 택배 상자 나르느라고 이마에 땀이 송골송골 맺혔을 이 대리의 얼굴도 보이고, 핏대 올리는 부장 얼굴도 보였어요. 물론 집 생각도 났고요. 다시 오던 길을 허겁지겁 되돌아왔지요. 자동차 속에 놓고 간 휴대폰에는 부재중 전화에다 음성·문자메시지가 여남은 통이나 와 있었어요. 사무실이며 집에서 온 전화가 대부분이더군요. 무엇보다 아내 전화가 제일 많았어요. 그중 음성 메시지를 들어봤지요.

'여보, 어디 계세요. 대답 좀 하세요. 제가 무심했지요. 미안해요. 앞으로 잘하겠어요.'

아내의 목소리를 듣고 나니 섭섭한 마음이 눈 녹듯이 사라졌어요. 픽 웃음까지 나오며 힘이 솟더라고요. 아내는 애가 타는데.

이래서 부부인가 봐요. 뭐니 뭐니 해도 가장 큰 백은 아내뿐이라는 생각마저 들더군요.

얘기가 길었네요. 한 잔만 하고 일어납시다. 내일도 바쁠 텐데.”

밤이 이슥해서야 술집 문을 나섰다. 어깨를 잔뜩 웅크린 채 골목길을 걸어가고 있는 민 과장의 다리가 풀렸다. 으스스한 늦가을 바람이 깃 세운 바바리코트를 훑고 지나간다. 빛바랜 나뭇잎이 저만치 가고 있는 민 과장의 머리 위로 떨어지고 있다. 희끗희끗한 머리 위로 툭툭 떨어진다.

제 3 부
능소화가 웃는 이유

"아이구 흐흐흐"
매양 들려오던 여자 귀신 울음소리가 오늘은 들리지 않는다.
대신 우윳빛 장지문에는 얼금뱅이 새댁의 목물하는
실루엣이 희미하게 비친다.
그렇지만 언제 또 귀신 울음소리가 날지 모른다.
검정 고무신을 벗어 손에 들고는
'귀신아 날 살려라.' 며 냅다 뛰어간다.
흙담벽을 시나브로 타고 오르던 능소화가
뛰어가는 소년을 향해 웃으며 중얼거린다.
"꼬마야 괜찮아, 귀신이 아니야, 너도 크면 다 알아."

농투성이 아배는 직업병 환자

집 뒤란 굴뚝 연기가 옆으로 흐른다.

하늘에 제를 올리듯 피어오르던 푸른 연기가 복날 맞은 개 꼬리처럼 꽁무니를 길게 늘어뜨린다. 음매! 송아지 울음소리 도 들린다. 점심나절 내내 널따란 들녘을 천방지축 뛰어다니 던 송아지가 어미소를 찾고 있다.

부엌문 앞에서 하늘을 쳐다보던 어머니가 "야야 소나기가 한줄기 올라나 보다."하더니 빨랫줄에 널려 있는 옷가지들을 주섬주섬 걷는다. 툇마루에 엎드려 방학숙제를 하고 있던 소 년의 고개가 갸우뚱한다. 하늘이 저렇게 파란데 웬 비냐는 투 다. 그러나 웬걸, 말갛던 하늘이 금세 먹장구름으로 뒤덮이더 니 온 사방이 깜깜 해온다. 소년의 낯빛도 변덕쟁이 하늘만큼 이나 빨리 변한다. 역시 울 엄마는 용한 점쟁이야.

후드덕 쏟아지는 장대비에 양철 지붕 우는 소리가 요란하다. 떠돌이 광대가 판소리에 맞춰 두드리는 북소리 같다. 안마당에는 황토 냄새가 진동한다. 아버지 소맷자락에서도 나던 냄새이다. 숙제를 하다 말고 양다리를 마루 끝에 걸친 소년이 동그랗게 피어나는 물꽃을 구경한다. 사립문 앞에 서 있는 어머니 얼굴에는 근심기가 가득하다.

"아배가 빨리 와야 할 낀데."

쇠꼴 한 짐을 지게에 진 아버지가 대문 안으로 들어온다. 쇠꼴에도, 빛바랜 밀짚모자에도 빗물이 줄줄 흘러내린다. 흙 묻은 삼베옷이 몸에 착 달라붙었다. 알통 밴 팔뚝이며 시퍼런 다리 심줄이 선명하다. 소풍경 딸랑거리며 아버지 뒤를 따라온 누렁이는 더하다. 온몸이 빗물에 흠뻑 젖었다. 굳은살 박인 목덜미가 빗물에 부풀어 있다. 투루루, 투레질을 하자 뽀얀 물보라가 인다. 어머니가 보리쌀 뜨물 한 통을 구유에 들이붓자 선한 눈을 껌벅이며 '음매' 인사를 한다.

소년과 누렁이는 동갑내기다. 소년이 태어난 그해 누렁이도 이 집으로 들어왔다. 햇수로 십 년쯤 되었다. 할아버지가 작은집 맏손자 본 기념으로 사준 소다. 소 나이 비록 열 살밖에 안 되었지만 사람 나이로 치면 환갑을 넘었으리라. 종일 쟁기질이라도 한 날이면 밤새 드러누워 꼼짝도 하지 않았다. 그간 누렁이 뱃속에서 태어난 송아지만 해도 대여섯 마리나 된다. 소 판 돈으로 다랑논도 사고, 어린 자식들 옷가지라도 사서 입히곤 했다. 아버지가 마디 굵은 손으로 소 목덜미를 쓰다듬는다.

억수같이 쏟아지던 소낙비가 그새 그쳤다. 언제 그랬느냐는 듯 하늘이 파랗다. 여우비다. 변덕쟁이 여우가 호들갑을 떨면서 시집가는 날이라 붙여진 이름이 '여우비'라고 한다. 무지개가 산 중허리에 걸렸다. 아버지가 대청마루에 걸터앉아 담배를 피우며 한마디 한다.

"올해는 풍년이 들겠구먼."

여우비에 그 성가신 도열병도 멀리 도망갔을 거란 말씀도 덧붙인다. 그러다 슬그머니 안방에다 삼베이불을 펴고 눕더니 코까지 드렁드렁 곤다. 가끔은 '아야 아야야' 하며 돌아눕기도 한다. 누런 삼베옷 사이로 시커먼 지게 자국이 보인다.

그런 소년의 아버지가 삼십 년 전에 영면하셨다. 떠나가는 날, 임종 소식을 들은 아들이 헐레벌떡 시골집에 도착했을 때에는 마지막 숨을 거두고 있었다. 자식 얼굴 한 번 보고 가려는지 눈 한 번 번쩍 뜨더니 스르르 눈을 감았다.

염습하던 날 저녁이었다. 젊은 시절 그 우람하던 몸매는 다 어디가 버렸는지, 바짝 마른 몸에다 등짝은 시커먼 줄이 겹겹이 그어졌다. 수의를 입히는 상주들이 대성통곡을 한다.

오늘 아침 말갛던 날씨가 갑자기 깜깜해지더니 소나기가

퍼부어 댄다. 아파트 베란다 유리 창문에는 물방울이 대롱대롱 매달렸다. 이 시간이면 어김없이 하던 산행을 오늘은 접었다. 날마다 오르던 성암산, 비 때문에 못 오르다니…. 죄 없는 하늘만 원망하다가 우연히 앉은뱅이책상 위에 놓여 있는 신문기사 하나가 눈에 들어온다. 강원도 탄광에서 일하다 진폐증 걸린 광부의 일생을 그린 내용이다. 직업병에 관한 기사이다.

직업병, 그렇지. 꼭 광부나 철 땜장이들에게만 걸리는 병이 아니지. 비라도 오는 날이면 삭신이 쑤셔 굴신 못하던 농투성이 아버지의 신음도 직업병이었지. 그걸 진작 깨닫지 못한 못난 아들. 회한이 봇물처럼 쏟아진다.

더욱 그 시절 '우리 아배는 다 그런 줄만 알았다.'는 생각에 이르니 울컥 목울대가 치민다.

과수원집 울보

옥실 마을 들머리 과수원집 복숭아는 부끄럼쟁이다.

진초록 이파리 속에 둘러싸여 얼굴만 빠끔 내밀고 있다. 갓 시집 온 새색시마냥 양볼이 불그스름하다. 수줍음을 심하게 탄다. 신문지 고깔모자를 쓴 녀석도 보인다. 늘 구석빼기 밭에만 갇혀 있는 복숭아. 세상 물정 모를까 봐 걱정하는 농심이 고깔모자에 오롯이 묻었다.

빨간 승용차 한 대가 미끄러지듯 과수원집 대문 앞에 선다. 생머리를 뒤로 묶은 꼬맹이가 아빠 손을 잡고 차에서 내리더니 "할머니" 하며 집안으로 들어간다. 안마당에서 일하다 말고 나오는 할머니의 입꼬리가 귀 뒤까지 걸린다.

"아이고, 귀여운 내 강아지"

"박 서방도 어서 오시게. 하하하"

때가 여름 휴가철이라 노부부의 일손을 거들려고 대도시 사는 딸 내외와 외손녀가 온 모양이다.

"우리도 저런 딸내미가 있었으면…" 한발 앞서 가던 아내가 속내를 드러낸다.

유년 시절 고향 마을 아래뜸 과수원집에는 초등학교 짝꿍인 '울보'가 살고 있었다. 울보는 위로 내리 오 형제를 둔 아들 부잣집에서 태어난 늦둥이 막내딸이었다. 울보는 시커먼 얼굴에 기운 옷을 입고 다니는 우리와는 다르게, 해맑은 얼굴에다 꽃무늬 달린 블라우스를 입었다. 한마디로 옷매무새나 얼굴, 하는 짓까지도 영락없는 공주였다. 금이야 옥이야 키워서인지 조금만 마음에 안 들면 금세 눈물이 글썽글썽하여 우리는 '울보'라고 놀려댔다. 그래서인지 같은 또래 친구들과는 잘 어울리지 못하는 외톨박이였다.

늘 혼자이던 울보 뒤에도 한여름 복숭아가 익어 갈 무렵이면 꼬맹이들이 줄줄이 따라다녔다. 기껏해야 돌복숭아나 벌레 먹은 복숭아를 맛보는 산골 소년들은 울보네 과수원에 주렁주렁 매달린 탐스러운 복숭아가 무척이나 먹고 싶었다. 평소에는 말끝마다 '울보' 하며 별명을 부르던 개구쟁이 창수도 이때만은 '숙아'라고 얌전히 이름을 불렀다.

교실 청소 당번으로 학교가 늦게 파하던 날, 주린 배를 움켜쥐고 울보네 복숭아밭 옆길을 지나갈라치면 왜 그리도 침이 꼴깍 넘어가던지. 어쩌다 집으로 오는 길에 울보 가방이라도 들어주면 울보는 "이거 아버지가 알면 야단맞는 복숭아야."라며 먹음직스런 복숭아 몇 개를 슬며시 손에 쥐여 주곤 했다. 그럴 때면 털이 부스스한 복숭아를 씻지도 않고 바지에 쓱쓱 문지르고는 그냥 먹었다. 그날 밤 얼굴이며 목덜미가 가려워 밤새 긁었던 기억이 난다.

50, 60년대 그 시절은 다들 가난하였다. 우리집도 예외는 아니었다. 다랑논 여남은 마지기로는 오 남매 일곱 식구 입에 풀칠하기도 어려웠다. 거기에다 아버지는 젊은 시절, 일제 강제노역을 피하고자 구주 탄광촌으로, 만주로 늘 떠돌아다니던 분이었다. 애당초 이런 산골 마을에서 진득하게 농사지을 마음이 없었다고 했다. 결혼한 후 처음 몇 해 동안은 마음을 다잡고 농사일에 매달려 보았지만 예의 역마살 끼가 도졌는지, 당신 맏자식이 초등학교에 들어갈 무렵부터는 집을 비우기가 일쑤였다. 앞앞이 말은 못해도 그때 어머니 속은 새카맣게 타들어 갔을 거다. 그러다 보니 농사는 어머니의 몫이었다.

세벌매기인가, 김매기가 얼추 끝나는 칠팔월쯤이면 어머니는 늘 울보네 집에 품을 팔러 다녔다. 일이라야 따놓은 복숭아를 손질하여 나무상자에 차곡차곡 쟁이는 것이었다. 그 품삯으로 자식들 학용품도 사 주고 추석에 입을 옷가지라도 사서 입히곤 했다.

복숭아 볼이 빨갛게 물들어 가던 한여름이었다. 사방에는 어둠살이 내려앉았다. 우리 삼 남매는 동구 밖 너럭바위에 쪼그리고 앉아 품을 팔고 오는 엄마를 기다렸다. 해종일 같이 놀던 친구들은 집으로 돌아가 버렸다. 저 멀리 타박타박 걸어오는 어머니가 희미하게 보이자 다섯 살짜리 여동생이 냅다 뛰기 시작했다.

"엄마"하며 땀에 전 무명 적삼 품속으로 덥석 안겼다. 어머니 머리 위에는 벌레 먹은 복숭아 한 소쿠리가 얹혀 있었다.

예순 살이 넘은 여동생은 지금도 어쩌다가 난전 좌판 소쿠리에 담겨 있는 복숭아를 보면 눈물이 난다고 한다.

산등성마루에 걸터앉아 동네를 물끄러미 내려다보던 해가 자취를 감추자, 땅거미가 물안개 퍼지듯 복숭아밭에 내려앉기 시작했다.

"이젠 그만 집으로 갑시다."

흑백 영화 같은 얘기에 연신 고개를 끄덕이던 아내 목소리에 물기가 배어 있다. 눈가에는 눈물이 그렁그렁 맺혔다.

새댁 시절, 울보네 복숭아 볼같이 홍안이었던 아내도 흐르는 세월 앞에는 어쩔 수가 없는 모양이다. 벌레 먹은 복숭아 얼굴 형상을 한 채 울고 있으니.

석 덩

느낌이 이상하다.

왁자지껄해야 할 집안이 조용하다. 지금쯤이면 두레상에 둘러앉아 제사음식을 들고 있을 할아버지도, 아래뜸 당숙도 보이지 않는다. 꼬끼오, 마구간 옆 닭장에는 수탉이 홰를 치며 울고 있다. 닭이 울면 조상님도 자기 집으로 돌아간다는데….

"흐흥, 엄마는 깨우지도 않고."

이번 제삿밥은 꼭 먹어야겠다고 다짐한 것이 말짱 허사가 되고 말았다. 엊저녁 두루마기로 갈아입은 할아버지가 대청마루 위로 올라올 때만 해도 초롱초롱하던 눈꺼풀이 그새 풀려버렸던 모양이다. 하긴 제사 때마다 그랬다. 이번 제사는 자지 않겠다고 단단히 마음을 먹어 보았지만, 마(魔)의 자

(子)시를 넘기지 못하고 곯아떨어져 버렸다.

그런 나를 날이 희붐하기도 전에 어머니가 깨웠다. 왜 깨우는지는 알고 있다. 마을에서 반 마장이나 떨어진 곳에 혼자 사는 할머니 집에 제삿밥을 갖다 드리기 위해서다.

"제삿밥 먹을 때는 깨우지 않더니."

뾰로통한 얼굴색이 좀처럼 가시지 않는다.

우리집과 등을 맞댄 아래위 여남 집은 어머니 혼자서 이미 제사음식을 돌렸다. 그러나 외따로 떨어져 있는 할머니 집에 갈 때는 명색이 장남이라고 열 살짜리 나를 데리고 갔다. 으스스한 상엿집이 있는 산모퉁이를 지나 한참이나 더 가야 할머니가 사는 초가집이 나타난다. 모르긴 해도 어머니 당신도 상엿집이 무서웠으리라. 남포등을 손에 쥔 채 앞서 가는 아들 뒤를 어머니가 조심조심 따라온다. 비녀 꽂은 머리 위에는 삶은 돼지고기며 어적(魚炙)과 자반 한 토막, 과일이 담겨 있는 소쿠리가 얹혔다. 어린 내가 봐도 딴 집보다는 배 가량이나 많다.

할머니는 첩첩산중 '덕골' 마을에서 이 동네로 시집왔다. 시집온 지 채 이태도 되기 전에 유복자인 아들 하나만 남겨두고 남편은 하늘나라로 가버렸다. 그 아들이라도 어머니 옆에서 진득하게 농사나 지었으면 좋았을 텐데, 허파에 바람이 들었는지 초등학교를 마치자마자 도시로 떠났다. 방직 공장에

다니다가 거리에서 아이스케이크 장사한다는 소문이 들리더니 어느 해부터인가 소식이 끊겼다. 죽었는지 살았는지 안부조차 모른 지가 삼십 년도 넘었다고 했다. 남편에 이어 아들조차 가슴에 대못질해 놓은 팔자 기구한 할머니다. 혼자 봉천답 서너 마지기로 근근이 입에 풀칠을 해왔다. 그마저도 몇 해 전부터는 허리가 꼬부라지고 눈까지 침침해서 농사일을 하지 못하는 형편이다. 가끔 지팡이에 의지해 더듬더듬 우리 집까지 내려와 신세 한탄을 하던 할머니.

"일찍 팔자를 고쳤어야 했는데, 저 웬수 같은 아들놈이 눈에 밟혀서."

저 멀리 할머니 오두막집이 희미하게 보인다. 호롱불이 켜져 있다. 허리 굽은 할머니의 실루엣이 비친다. 고쟁이 바람이다. 새벽잠이 없는지 발걸음 소리에 장지문을 연다. 아니 용케도 제삿날을 기억하고 있는지도 모른다. 제사음식을 받아든 할머니의 입꼬리가 귀 뒤에까지 걸린다. 산등성마루에 걸터앉아 할머니를 지켜보던 하현달도 따라 웃고 있다.

오늘은 추석 대목장이 열리는 날이다. 아내와 함께 제사용품을 사러 경산시장에 갔다. 여느 때 같으면 파장 무렵이라 시장 바닥이 횡댕그렇할 터인데, 오늘은 제수(祭需)를 장만하려는 사람들로 발 디딜 틈이 없다.

아내가 대추를 팔고 있는 노파의 거리가게 앞에서 걸음을 멈춘다. 때에 전 됫박에는 대추를 소복하게 담아 놓았다. '한 됫박' 하며 눈짓으로 말하자 노파가 주섬주섬 검정 비닐봉지에 담더니 한 움큼을 덤으로 넣어준다. 백화점이나 마트에 가면 이런 맛이 없다. 채소나 과일이 명찰 달린 플라스틱 통속에 갖춰 있다. 어서 오라는 사람도 없다. 덤은 아예 생각도 못한다. 그 옛날 기차 개찰구를 빼닮은 계산대 앞에서 제복 입은 아가씨가 기계적으로 셈을 치르면 그만이다.

골목쟁이 안으로 들어서니 무엇이든 크게 부풀려줄 것만 같은 뻥튀기 기계가 돌아가고 있다. 할아버지가 바르르 떨리는 손으로 기계 아가리를 확 열어젖히니 고소한 함박눈이 쏟아진다. 아내가 강냉이를 한줌 쥐어 입에 넣는다. 뻥튀기 노인이 힐끔 쳐다보더니 씩 웃는다. 어릴 적 친정엄마 따라 의성 시장통에서 많이 해본 솜씨이리라.

어물전 앞에 이른다. 조기며 가자미, 낙지들이 부끄럽지도 않은지 허연 배를 드러내놓고 누웠다. 장바구니를 든 아낙네와 어물가게 주인과의 침 튀기는 흥정이 벌어진다.

"알았어요. 천 원 깎아 드릴게요." "우수리로 한 마리 더 주세요."

옆집 가게도 마찬가지이다. 장터가 모처럼만에 사람 냄새 풍기면서 흥정하는 소리, 발걸음 소리로 들끓고 있다.

재래시장, 왠지 모르게 헛헛한 우리네 속을 채워주는 데는 이만한 곳도 많지 않으리라. 가객 장사익은 '사람이 그리워서 시골장은 서더라.'고 노래했지만, 추억이 있는 장터가 그리워서 기웃거리는지도 모른다.

복닥거리는 재래시장을 보고 있으니 '석 덤'이 생각난다. 옛 어머니들이 뒤주에서 밥 지을 쌀을 퍼낼 때 식구들 먹을 분량 외에 세 사람 먹을 만큼의 쌀을 덤으로 퍼낸다는 풍습이다. 뜨내기 방물장수, 길 가던 나그네, 동냥 그릇을 든 각설이 패들에게 밥 한 끼라도 먹여서 보냈던 게 우리네 인심이었다.

불룩한 장바구니가 여러 개나 된다. 무거운 보따리는 나보고 들라고 한다. 좁아터진 시장 골목을 빠져나오니 해가 설핏하다. 기와집 담장 너머에는 동이감이 주렁주렁 달려 있다. 머지않아 된서리가 내리고 찬바람 부는 늦가을이 되면 저 감나무 우듬지에는 새색시 볼처럼 빨갛게 익은 까치밥만 남을 것이다.

그 옛날 이른 새벽 제삿밥을 돌리던 어머니의 마음이, 투박한 손으로 한줌 더 얹어주는 장터 사람들의 석 덤 같은 인심이 저 까치밥에 담겨 있으리라.

귀향

한복을 곱게 차려입은 여인네가 기차에서 내린다.

어디서 많이 본 듯한 얼굴이다. 누구일까? 그녀도 나를 빤히 쳐다본다. 고개를 갸우뚱하더니 천천히 발걸음을 옮긴다. 나와는 반대 방향이다. 한참을 가다 뒤돌아보니 그녀도 걸음을 멈추고 나를 바라본다. 그때야 생각이 났다. 끝님이었다.

"끝님아" "짱구 오빠"

그녀도 어릴 때 불렀던 별명이 먼저 생각나는가 보다. 그냥 헤어질 수는 없다며 역 앞 '할매 국밥집'에 들어갔다. 딱딱한 나무의자에 마주 앉았다. 막상 서로 얼굴을 대하고 보니 서먹서먹하다. 흐르는 세월이 보이지 않는 벽을 쳐놓았는가.

끝님이와 나는 어릴 적 한마을에서 자랐다. 면 소재지에서도 한참 떨어진 '여시골'이라는 동네이다. 그곳은 이름 그대로 밤이면 여우들이 푸른빛을 번쩍이며 돌아다니는 오지 중의 오지로서 열댓 집이 농사를 지으며 옹기종기 모여 사는 산골 마을이었다.

끝님이네와 우리집과는 개미허리만큼 연이 걸린 친척 간이기도 했다. 비록 촌수는 멀어도 사립문을 맞대고 살다 보니 살강 위에 숟가락이 몇 개인지 훤히 알 정도로 가까웠던 사이였다.

그나저나 참 오랜만에 본다. 그간 간간이 소식은 듣고 있었지만 이렇게 직접 얼굴을 본지는 까마득하다. 햇수로 따져 보니 삼십 년이 넘었다. 얼굴이며 차림새도 많이 변했다. 그 옛날 햇볕에 그을린 시커먼 얼굴에다 때에 전 통바지만 입고 다니던 끝님이가 이렇게 귀티나는 사모님으로 변할 줄이야.

끝님이는 딸 다섯에 아들 하나를 둔 딸 부잣집 막내로 태어났다. 위로 줄줄이 딸 넷을 낳고 이번에는 꼭 아들을 낳아야 한다고 노래를 불렀지만, 태를 가르고 보니 고추가 아니더란다. 삼대독자 외며느리인 끝님이 어머니 입장에서는 기가 찰 노릇이었다.

"그까짓 아무짝에도 쓸모없는 딸년, 이름은 지어서 뭘해, 그냥 '끝님'이라고 불러."

툭 내뱉은 시어머니 말 한마디가 '끝님'이라는 이름이 돼 버린 것이다.

그렇게 천덕꾸러기로 태어난 끝님이는 무럭무럭 잘 자랐다. 모유가 모자라 보리죽을 갈아 먹이곤 했지만 잔병치레 한 번 없이 쑥쑥 잘도 컸다. 첫돌이 되어야 겨우 발을 떼기 시작하는 여느 집 아이와는 달랐다. 태어난지 열 달 만에 혼자 걷기 시작했다.

아들을 낳아 달라고 빌던 끝에 태어나서 그런지 끝님이는 외모만 여자이지 성격이나 행동은 남자 같았다. 옷차림부터 그랬다. 치마를 입지 않고 남자애들처럼 바지를 즐겨 입었다. 또래 여자 친구들이 즐기는 고무줄놀이도 끝님이는 심드렁해했다. 말타기놀이나 씨름을 좋아했다. 힘도 세었다. 어지간한 머슴애는 끝님이 상대가 되지 못했다.

"저년 하는 짓을 보면 머슴애로 태어나는 걸, 지집아로 잘못 태어났어."

그런 끝님이도 나와 둘이 따스한 봄날, 담벼락 밑에서 혼례식을 올릴 때는 사뭇 달랐다. 나물을 찧어 사금파리에 담고, 종지에 물 한 그릇 떠놓은 초례상 앞에서 맞절하면 끝님이 양 볼에는 발그레 물이 들었다.

그런데 끝님이 집에 문제가 생겼다. 연년생인 딸들과는 달리 끝님이가 태어난 지 몇 년이 지나도 으레 있어야 할 소식이 없었다.

"남의 집 대를 끊어 놓을 여시 같은 년."

날이 갈수록 끝님이 할머니의 지청구는 늘어만 갔다. 속이 새카맣게 타들어 가는 끝님이 어머니. 그 바쁜 농사일에도 매월 초하루 보름이면 장독대 옆에서 정화수를 떠다 놓고 두 손 모아 빌었다. 한겨울 모진 칼바람도 마다치 않고 빌었다.

그렇게 몇 년이 지나자 정성이 통했는지 태기가 있었다. 일단 조짐은 좋았다. 딸내미들과는 다르게 대여섯 달부터 불어오르던 끝님이 어머니 배가 해산달이 가까워질 무렵에는 남산만 했다

"이번에는 꼭 아들을 낳아야 하는데."

가을걷이가 얼추 끝나고 된서리가 내리던 날 밤이다.

"아이구 배야."

끝님이 어머니의 앓는 소리가 담장을 넘어갔다. 산통이 시작된 것이다. 이상했다. 전에는 이렇게 아프지는 않았다. 머리맡에 앉은 시어머니가 "얘야 참아라, 참아라."라며 양손을 잡고 있었다. 그렇게 시간이 흘러 자정이 넘어서자 "응애~" 고고성과 함께 울려퍼지는 시어머니의 환호성. "고추다!" 태를 자르는 시어머니도, 사랑방에서 자지 않고 똑똑 곰방대만 두드리며 초조히 기다리는 시아버지의 입도 함지박만 했다. 이튿날 아침 사립문 위 금(禁)줄에는 붉은 고추가 주렁주렁 매달려 있었다.

그간 끝님이 어머니의 마음고생은 이루 말할 수 없었다. 또

딸이면 무조건 엎어놓고 죽일 생각마저 들었다고 했다. 다행히 아들이었다. 삼대독자 대를 잇는 귀하디귀한 아들이었다.

이렇게 축복을 받으며 태어난 아들은 이 집에서 왕자였다. 딸내미들은 양푼이에 담은 시커먼 보리밥을 먹어야 하는데도 아들은 별도 마련된 밥그릇에 쌀밥을 먹었다. 생선이라도 사오면 몸통은 언제나 아들 차지였다. 딸들은 타이어표 고무신에 검정 책보를 메고 다녔지만, 아들은 운동화에 가죽 가방을 메었다. 소풍 가는 날이면 보리밥에 묵은 김치 쪼가리만 싸주는 딸내미들의 도시락과는 다르게 쌀밥에 계란말이를 얹어 주었다. 샘 많은 끝님이가 입을 뽀로통하게 내밀며 계란말이를 넣어달라고 떼를 써 봐도 허사였다.

"썩을 년들. 너거들 열 명하고도 안 바꿔."

끝님이는 초등학교도 남보다 이태나 늦게 들어갔다. 그마저도 저학년 때에는 꼬박꼬박 다닐 수 있었지만 5, 6학년이 되자 일 년에 한 달 정도는 빼먹었다. 모내기나 가을걷이로 일손이 바빠지면 집안일을 거들어야 하기 때문이었다.

"저 꼬맹이가 농사일을 거들면 얼마나 거든다고, 학교에 좀 보내지. 쯧쯧."

가끔은 재 너머 사는 고모가 혀를 끌끌차며 이야기해 보지만 쇠귀에 경 읽기였다. 형편이 그러하다 보니 상급학교 진학은 언감생심 꿈도 꾸지 못했다.

"계집애를 학교에 보내서 무엇에 쓸려고. 시집이나 잘 가면 그만이지."

끝님이는 초등학교를 졸업하자마자 일명 '부엌 대학'에 입학을 했다. 열다섯 살 꽃다운 나이에 일찌감치 부엌데기가 되어 버린 것이었다.

그로부터 이태 후인가. 햇볕이 따스하게 내려앉은 봄날, 드디어 사건이 터져 버렸다. 끝님이가 말도 없이 사라졌다. 끝님이 부모가 들일을 마치고 집에 돌아와 보니 부엌에 있어야 할 딸내미가 보이지 않았다.

"끝님아, 끝님이 이년 어디 갔노?"

부엌은 말할 것도 없고 안방 건넛방 어디에도 없었다. 심지어 뒷간문을 열어 보아도 마찬가지였다.

몇 달 전부터 끝님이가 이상하긴 했다. 보름달이 동네 뒤 멧부리 위로 고개를 내미는 날 밤이면 혼자 논둑길을 걷는 날이 많았다. 치렁치렁한 생머리에 가슴팍 봉긋한 끝님이 얼굴에 수심이 가득 찼었다.

"이대로 산골에 눌러 있어 봐야 앞날이 뻔하다. 논밭 몇 떼기를 물려받은 농촌 총각에게 시집이나 보내줄 것이 불 보듯 뻔하다."

"뒷집 순이 언니도, 옆집으로 시집 온 새댁도 다들 그랬으니까."

이런 말을 자주 했다. 끝님이가 작심을 하고 집을 뛰쳐나간 것이었다. 호랑이 같은 아버지가 알면 다리몽둥이가 부러질 일이라 아무 말도 않고 가출했다. 끝님이 어머니보다 아버지가 더 흥분했다.

"이년이, 이 험한 세상에, 끝님이 이년이…."

뒷말은 아예 잇지도 못하였다.

끝님이는 그 길로 대구에 사는 할머니뻘 되는 친척집으로 갔다. 그 할머니는 일찍 혼자되신 분이었다. 스무 살에 재 너머 거뫼 마을에서 시집을 왔으나, 결혼 후 채 일 년도 되기 전에 남편은 먼 곳으로 가버렸다. 배태(胚胎)도 못 해보고 청춘에 홀로 된 할머니였다. 한번 시집가면 그 집 귀신이 되어야 한다는 출가외인 풍습에 따라 재혼은 언감생심 마음도 먹지 못했다. 그냥 운명이려니 하며 큰집 조카를 양자로 맞아들여 살다가 몇 해 전에는 자식 공부 때문에 대구로 이사했다. 배 아파 낳은 자식도 아닌데 방천시장에서 생선구이 장사를 하며 공부를 시키고 있는 할머니다. 비닐로 된 앞치마를 두르고 도마질을 하는 할머니. 그녀의 몸에는 언제나 비릿한 냄새가 떠날 날이 없었다.

할머니는 도시생활이 낯설었다. 두메산골에서 나고 자라서인지 매연 풍기는 도로도, 다닥다닥 붙어 있는 판잣집도 눈에 익숙하지 않았다. 뭐니 뭐니 해도 할머니는 외로웠다. 복닥거리는 시장통에서 종일 있어 봐야 살갑게 말 한마디 건넬 핏줄 하나 없었다. 그러던 차에 끝님이가 왔다. 말 붙일 딸내미가 생기다 보니 이래저래 서로가 잘되었다.

끝님이는 그 집에서 먹고 자며 잔일까지 거들었다. 얼마나 부지런한지 낮에는 봉제공장에, 밤에는 야간 학교에 다녔다. 물론 집에서는 어디에 있는 줄도 모른다. 지금이야 통신시설 이 발달되어서 금방 연락이 닿지만 그 옛날에는 손편지가 아 니면 연락할 방법도 없었다. 거기에다 말없이 집을 나왔으니 집에 연락할 처지도 못되었다. 그렇게 7, 8년간이나 집에 연 락 한 번 하지 않았다. 참 모질기도 한 끝님이다.

"그놈의 여시골을 다시 가나 봐라."

그런 말을 입에 달고 살던 끝님이가 어느날, 고향 가는 시외 버스 정류장에 나타났다. 야간 고등학교를 졸업하던 그 해 선 달 그믐날이었다. 그날 따라 왜 그리 집에 가고 싶은지. 땡볕 에 시커멓게 그을린 아버지 얼굴도 보이고. 머리에 물동이를 인 엄마도 눈앞에 어른거리고. 졸졸졸, 여시골 앞 냇물 소리는 마치 이명병 걸린 환자같이 귀에 들려오더란다.

하긴 말없이 훌쩍 집을 떠나왔지만 마음은 여린 끝님이다. 중간 중간 고향 생각이 많이 났다고 했다. 할머니를 따라 방 천시장에라도 가는 날, 난전에 쪼그려 앉아 채소를 다듬고 있 는 할머니를 보면 어머니 생각에 눈물이 주르륵 흘러내리더란다. 차를 타고 교외라도 나가 시퍼런 들녘을 보고 있으면 논둑에 앉아 들밥을 자시고 있을 아버지 생각에 속울음을 삼킨 적도 있었단다.

자기도 모르게 짐을 주섬주섬 싸서 고향 가는 버스를 탔다. 집에 가서는 맞아 죽을 값이라도. 발 디딜 틈조차 없는 만원 버스라 이리 밀리고 저리 밀리면서 두어 시간을 가니 고향 마을이 보였다. 사립문이 보이고 연기가 모락모락 피어오르는 굴뚝도 보이고. 솔가지 그을음이 끼어 있는 부엌에는 어머니가 솥뚜껑을 뒤집어 놓은 채 전을 부치고 있었다.

"엄마"

등 굽은 어머니가 눈을 비비며 부엌문 밖을 멍하니 쳐다보고 있더란다. 내가 잘못 들었나. 그러다 후다닥 뛰어 나오며 두 손을 잡는 어머니.

"썩을 년"

눈물이 어머니 얼굴 주름살 사이로 타고 내려오고 있었다.

그때였다. 지게에 가래떡을 한짐 지고 집 안으로 들어서던 아버지의 다리가 휘청하더란다. 끙 하며 마당 한가운데 지게를 내려놓더니 몽둥이를 들고 끝님이 앞으로 다가서는 아버지.

"야, 이년아"

작대기를 번쩍 들더니 그냥 마당에 내동댕이쳐 버렸다.

그날 저녁, 뒷집에 사는 끝님이 당숙모가 찾아와서 하는 말이 지금도 귀에 쟁쟁 울린다고 한다.

"얘야, 섣달그믐 날만 되면 네 어매는 동구 밖을 멍하니 바라보고 있었단다. 손에는 계란말이 전을 부치다 말고."

그러고 보니 오늘도 끝님이는 계란말이를 시켜 먹는다.

누런 계란말이 위로 뚝뚝 떨어지는 눈물도 함께 먹고 있다.

농사꾼 교장 선생님

봄기운이 꼼지락대던 지난 3월 어느 날, 아내와 함께 등산하다 길을 잃어버렸습니다. 산 중턱 갈림길에서 그만 엉뚱한 길로 접어들었기 때문입니다. 한 두어 시간 산속을 헤매다 내려오니 비탈진 밭이 나타났습니다. 갈치처럼 기다랗게 생긴 밭에는 머리 허연 농부가 복숭아나무 가지치기를 합니다. 밭 가장자리 원두막에는 할머니 몇 분이 깔깔 웃으며 고기를 굽고 있습니다. 막걸리도 여러 병 보입니다.

"할아버지 큰길로 가려면 어디로 가야 합니까?"

"저 골짜기 왼쪽을 돌아…."

대답을 하다 말고 할아버지가 나를 빤히 쳐다봅니다. 나 또한 어디서 많이 본 듯한 얼굴이었습니다. 누구일까? 얼굴은 시커멓고 옷에는 흙이 덕지덕지 묻어 있는, 천생 농사꾼으로 보이는 저분이. 그때야 퍼뜩 생각이 났습니다. 십수 년 전, 경북 북부 지역 우체국에서 근무할 때 자주 만났던 초등학교 교장 선생님이었습니다. 늘 까만 양복 차림에 얼굴이 하얗던 선생님이 저렇게 변할 수 있을까. 가끔은 안부가 궁금했는데 이런 곳에서 만나다니.

교장 선생님은 몇 해 전 정년퇴직을 하고 이 마을에 들어와 복숭아 농사를 짓는다고 했습니다. 당신 말마따나 전깃불도 들어오지 않는 안동 산골에서 태어난 촌놈 출신이라 현역 시절부터 귀농을 꿈꿔 오다가 우연히 이곳에 정착하였답니다. 그러나 막상 들어와 보니 생각보다 적응하기가 쉽지 않았다고 고개를 절레절레 흔들어 댔습니다. 고된 농사일이나 생경한 환경은 그렇다손 치더라도 주민들 텃세에 마음고생을 꽤 한 모양입니다. "한평생 선생만 하던 사람이 이런 산골 사정을 뭘 알겠느냐."라며 빈정대는 말투에 응어리가 맺혔던 적도 많았다고 했습니다.

나중에 알고 보니 이곳 사람들만 나무랄 일도 아니었던 모양입니다. 오래 전 이 마을에 들어와 이삼 년 살다 떠나버린 어느 노부부의 차림새며 행동거지가 동네 사람들 눈엣가시로 박혔던 적이 있었답니다. 대기업 임원으로 있다 은퇴한 그 부부는 이웃과 담을 쌓고 지낸 것은 말할 것도 없고, 농번기

에도 울긋불긋한 등산복 차림으로 마을 앞뒷산을 돌아다녔
던 모양입니다. 불 때던 부지깽이도 거든다는 바쁜 모내기 철
에 주위 사람 시선은 아랑곳하지 않고 빈둥거리며 돌아다녔
으니.

  그러나 교장 선생님은 달랐습니다. 시인으로 등단까지 한
선생님은 마음보가 여낙낙하여 아무리 낯선 곳에 가더라도
한 달이면 주위 사람들을 구워삶는 재주가 있습니다. 이곳에
서도 특유의 그 솜씨는 여지없이 발휘된 모양입니다. 이사 온
지 얼마 되지 않아 팔을 걷어붙이고 동네일을 도왔다고 했습
니다. 선생님은 원래 손재주가 좋은 분입니다. 고장난 형광등
이며 전자제품도 선생님 손을 거치면 말끔히 수리되었습니
다. 편찮으신 어르신이 있으면 한밤중이라도 자가용으로 읍
내 병원까지 모셔야 당신 마음이 편하다고 했습니다. 하긴 선
생님은 궂은일을 보면 몸을 사리지 않는 성품이라 짐작이 가
고도 남았습니다.

  이곳에 온 지 삼 년이 지난 지금, 동네 할머니들이 어쩌다
색다른 음식이 생기면 가장 먼저 선생님 댁부터 찾는다고 합
니다. 가끔은 오늘같이 동네 할머니들이 몰려와서 잔치 아닌
잔치를 벌일 때도 있는 모양입니다.

  "한 잔 드시지요."

  막걸리 한 사발을 건네는 교장 선생님의 투박한 손이 아름

다웠습니다. 평생 교단에서 분필 냄새만 맡다가 흙냄새를 맡
으니 살 것 같다며 껄껄 웃으시는 선생님의 주름진 이마에
'농사꾼'이라는 글씨가 씌어 있었습니다.

앵두 누나

해거름녘 옥실 마을 외딴집 앞에 승용차가 서 있다.

부릉부릉 산그림자를 등에 업은 자가용이 집으로 가자며 조른다. 허리 구부정한 할머니가 얼기설기 묶은 보따리를 차량 뒤 트렁크에 싣는다. 보따리 틈새로 마늘종이며 풋고추가 삐죽 나와 있다.

"엄마 몸조심하세요. 이제는 들일 그만하시고."

"하머니, 안녕히 계세요."

감꽃 화관(花冠)을 머리에 쓴 꼬맹이가 고사리 같은 손을 흔들며 인사를 하자, 차도 덩달아 부르릉 작별 인사를 하더니 휑하니 가버린다.

저만치 가는 손녀를 향해 손을 흔들어 대는 할머니 등 뒤에는 볼이 발그스레한 앵두가 얼굴을 빠끔 내민다.

어릴 적 고향 마을 뒷집에는 네댓 살 많은 누나가 살았다. 누나네 집 담벼락 밑 우물가에는 앵두나무가 두어 그루 있었다. 우리는 그 누나를 '앵두 누나'라고 불렀다.

알뜰한 맹세가 없어도 봄날은 스스로 물러날 즈음이면 앵두 볼에는 빨간 물이 들었다. 꽁보리밥 몇 덩어리에다 삶은 감자 서너 조각으로 긴긴 하루해를 보내야 했던 그 시절, 앵두는 무척이나 먹고 싶었던 과일이었다. 오뉴월 뻐꾹새 울음소리에 취해 앵두가 익어가면 우리 꼬맹이들은 풀방구리에 쥐 드나들 듯 누나네 담장 밑을 자주 기웃거렸다. 그런 우리가 안쓰러웠는지 누나는 가끔 앵두를 한주먹 따서 담장 너머로 넘겨주었다. 담장 높이보다 키가 한 뼘이나 작은 누나는 깨금발을 하고 팔을 높이 든 채로 앵두를 건넸다. 그럴 때이면 헐렁한 누나 옷 사이로 봉긋한 젖무덤이 보일락 말락 했다. 파란 하늘이 내려앉은 우물은 누나의 숨겨놓은 보물을 봤으리라.

세벌매기인가, 논매기가 거지반 끝이 난 여름밤이었다. "환아!" 앵두 누나의 부르는 소리가 들려 우물가로 가니 등목을 해달라고 했다. 집에는 물론 마을에도 목욕시설이 없던 시절, 여름이면 으슥한 우물가가 아니면 마땅히 등목을 할 데가 없었다. 누나 어머니라도 계셨으면 이런 일로 나를 부르지 않았을 터인데, 누나 어머니는 몇 해 전 하늘나라로 가버렸다. 그렇다고 아무리 동생이지만 다 큰 처녀의 등목을, 군대까지 다녀온 오라비에게 부탁하기도 뭣해서인지 꼬맹이인 나를 불렀으리라.

두레박으로 퍼올린 우물물을 누나 등 위로 끼얹었다. 허옇게 드러난 누나 등허리 위로 물은 매끄럽게 흘러내렸다. 등을 밀다 말고 미끄러진 내 손이 누나 젖가슴에 닿기라도 하면 왜 그리도 떨리던지. 등목을 마친 누나 얼굴에는 빨간 앵두가 조롱조롱 맺혀 있었다. 뾰족한 입술은 물론 양볼에도 심지어 허벅지에도 발그레한 앵두가 달렸었다.

그 이듬해인가, 앵두 누나는 맞선 본 얼금뱅이 초등학교 선생님과 결혼을 하더니 멀리 떠나가 버렸다. 시집간 지 처음 몇 해 동안은 친정 나들이를 하다가 어느 해부터인가 발길이 뜸했다.

'앵두 누나, 어디서 앵두 같은 아들딸, 아니 손자손녀를 돌보며 살고 있는지요? 보고 싶습니다.'

널따란 들녘에 어둠살이 내려앉는다. 저 멀리 한길에는 '0번' 버스가 털털거리며 지나간다.

"뭘 그리 골똘히 생각하능교?"

아내가 집으로 가자며 손을 잡아끌자 퍼뜩 정신이 든다.

버스가 산모퉁이를 돌아가자 열아홉 살 앵두 누나와의 추억 한 조각도 동글뱅이 버스를 따라가 버린다.

능소화가 웃는 이유

널따란 운동장에 푸르스름한 저녁 이내가 깔리기 시작한다.

조금 전까지 느티나무 밑에서 고무줄놀이를 하던 계집아이들은 집으로 돌아가 버렸다.

"금강산 찾아가자 일만 이천 봉…."

단발머리 팔랑거리며 부르던 노랫소리도 들리지 않는다.

교실 창가에 앉아 바깥을 내다보고 있는 빡빡머리 소년의 얼굴에도 보얀 이내가 내려앉았다. 초조한지 애먼 몽당연필만 뱅글뱅글 돌린다. 때 전 책상 위에는 앞표지가 뜯긴 동아 수련장(문제집)이 놓였다. 언제쯤 수업을 마칠까. 선생님 눈빛을 보니 오늘도 일찍 끝나기는 글렀다. 지난해 가을까지만 해도 이 시간쯤이면 끝이 났던 과외공부였다. 그러던 것이 올봄, 학교에 전깃불이 들어온 뒤로는 밤늦은 시각까지 공부하는 날이 많았다. 거기에다 지난봄인가, 교장 선생님이 육 학년 담임 선생님 두 분을 교장실로 부르더니 "올해는 대도시 일류 중학교에 서너 명은 합격시켜야 합니다."라는 부탁을 받았다고 했다. 그래서인지 날이 갈수록 집으로 가는 시간이 늦어진다. 그나저나 소년은 걱정이다. 이렇게 늦은 날 밤이면 귀신 울음소리 나는 외딴 김 씨 아저씨 집앞을 지나가야 하기 때문이다.

김 씨 아저씨는 6·25 난리통에 함흥인가 어디에서 내려온 이북 사람이다. 어찌하여 앞뒷산이 등을 맞대고 있는 이곳 산골 마을에 들어와 살게 되었는지는 알 수 없지만, 소년의 할아버지 댁에서 머슴살이했던 분이다. 중지와 검지가 반쯤 잘려나간 오른손에는 총 맞은 자국이 선명하였다.

"내래 백마고지 전투에서 이렇게 되었수다레."라며 그 뭉툭한 손으로 소년의 가냘픈 손을 덥석 잡을 때에는 기겁하여 내빼기도 했다. 그러나 참으로 자상한 분이었다. 두벌 논매기가 끝나는 여름철이면 반두를 들고 동네 앞 냇가에 피라미 잡으러 가자며 툇마루에서 낮잠 자는 소년을 불러내곤 했다. 눈이 펑펑 쏟아지는 한겨울 밤에는 쇠죽 끓이는 아궁이에 묻어 둔 고구마를 몰래 손에 쥐여줄 때도 있었다. 얼굴에는 늘 웃음이 떠나지 않았던 분이었다. 얼마나 알뜰한지 해마다 받은 새경은 허투루 쓰지 않았다. 차곡차곡 모아서 다랑논도 사고 아저씨 손가락처럼 끝자락이 뭉툭한 밭뗴기를 사모았다. 이런 아저씨를 본 동네 어른들은 "오갈 데 없는 참한 색시라도 있으면 짝을 맞춰줘야 하는데…."며 늘 걱정을 하였다.

그런 아저씨가 변해 버렸다. 본(本)이 같다며 일가처럼 대해주던 아래뜸 김 씨가 이북 아저씨 돈을 떼어먹고 야반도주를 한 것이다. 피붙이 하나 없는 이곳에 일가라고 믿고 맡긴 것이 화근이었다. 그 선하던 눈빛부터 달라졌다. 농사일은 하지도 않고 주막에 살다시피 했다. 이를 보다 못한 할아버지가 조용히 불러 타일러도 보았지만 쇠귀에 경 읽기였다.

어느 날 아저씨가 마을에서 사라졌다. 이른 새벽이면 남 먼저 일어나던 아저씨가 해가 중천에 떠올랐어도 기척이 없기에 문을 열어보니 빈방이었다. 보따리 몇 개만 챙기고 떠나갔다. 스무 남은 집 되는 온 동네가 발칵 뒤집혔다.

"쯧쯧 그 착실하던 김 씨가 사람을 잘못 만나서…." 눈물을 흘리는 사람도 있었다.

눈에 안 보이면 정도 멀어진다고 세월이 흘러감에 따라 김 씨에 대한 기억도 세월 속으로 묻혀버렸다. 몇 마지기 안 되는 아저씨 논밭에는 개망초가 지천으로 피었다. 잡초 한 포기 없이 말갛던 밭이 묵정밭으로 변해 버렸다. 가끔은 우시장 터 색시집에서 봤다는 소문도 들려왔지만, 동네에는 얼굴 한 번 내밀지 않고 몇 년이 흘렀다.

가을걷이가 얼추 끝이 난 어느 해 늦가을 김 씨 아저씨가 돌아왔다. 대낮에 오기가 부끄러웠는지 어둠살이 내려앉을 무렵 동네에 나타났다. 얼굴이 살짝 얽은 색시까지 데리고 왔다. 일찍 부모님을 여의고 친척집을 전전하던 색시를 우시장 터 국밥집에서 만났다고 했다. 천성이 고운데다 서로 사고무친의 외로운 신세이다 보니 금방 가까워졌을 거라 수군댔다.

김 씨가 돌아오던 날 저녁 동네 앞 느티나무 밑에는 잔치가 벌어졌다. 평상 위에는 밀주 한 동이가 놓여 있고, 솥뚜껑을 뒤집어 놓은 철판에는 부침개 굽는 냄새가 진동하였다. 막걸리 한 사발을 단숨에 들이켠 아저씨가 울면서 이야기했다.

남한으로 내려와 떠돌아다니다가 첫정이 들어버린 곳이 이 마을인지라 어디를 가도 잊지 못하겠더란다. 도회지 방직 공장에도 기웃거려 보고, 술도가에서 막걸리 배달도 해봤지만 마음 다잡고 살만한 곳은 아닌 모양이었다. 봄이면 뒷산 뻐꾸기 소리가 이명(耳鳴)병 걸린 사람처럼 귀에서 앵앵거리고, 여름이면 논둑에 둘러앉아 자기만 쏙 빼놓고 들밥을 먹는다고 생각하니 못 참겠더라고 했다. 뭐니 뭐니 해도 동네 사람들의 살가운 정이 그리웠다며 눈물까지 흘렸다.

그런 김 씨가 동네 들머리 빈집을 뚝딱뚝딱 고치더니 신혼 살림을 차렸다. 대대로 양반댁이 살았다는 그 집은 오랫동안 비워놓아서인지 음산한 기운마저 감돌았다. 꼬맹이들 사이에는 '귀신집'으로 불리었다. 능소화 한 송이가 길바닥으로 툭 떨어지던 날 밤, 뒷집 남식이는 귀신 울음소리를 들었다고 했다.

그런데 문제는 김 씨 내외가 이 집에 들어온 뒤부터는 저녁마다 귀신 소리가 들린다는 것이다. 그 소름 끼치는 집 앞길을 오늘도 지나가야 한다.

마침종이 울림과 동시에 반장의 구령 소리에 퍼뜩 정신이 돌아온다.

"차렷, 선생님께 경례"

"선생님 감사합니다."

책상 위에 널브러져 있던 산수 교과서와 수련장을 검정 책보자기에 싸고는 후다닥 교실 문을 빠져나온다. 배에서는 쪼르륵 소리가 난다. 점심이라고 꽁보리밥 도시락을 먹은 뒤로 입맛 다신 게 없었으니 배고픈 것은 당연하다. 시오리나 되는 길을 타박타박 걸어서 집으로 돌아오는 소년. 한 시간쯤 왔을까. 저 멀리 김 씨 집이 희미하게 보인다. 살금살금 집 앞으로 다가간다.

"아이구 호호호" 매양 들려오던 여자 귀신 울음소리가 오늘은 들리지 않는다. 대신 우윳빛 장지문에는 얼금뱅이 새댁의 목물하는 실루엣이 희미하게 비친다. 그렇지만 언제 또 귀신 울음소리가 날지 모른다. 검정 고무신을 벗어 손에 들고는

'귀신아 날 살려라'며 냅다 뛰어간다.

흙담벽을 타고 오르던 능소화가 뛰어가는 소년을 향해 웃으며 중얼거린다.

"꼬마야 괜찮아, 귀신이 아니야, 너도 크면 다 알아."

하릅송아지가 돌아오다

허리 구부정한 촌로가 소를 몰고 내려온다.

밀짚모자를 눌러쓴 할아버지가 암소 고삐를 바투 잡고 산길을 내려오고 있다. 거무스름한 산그림자도 자박자박 할아버지 뒤를 따른다.

어릴 적 여름이면 소를 먹이러 다녔다. 학교에서 돌아오자마자 책보를 팽개치듯 툇마루에 던지고는 소를 몰고 마을 뒷산 골짜기로 향했다. 그 당시 농촌에는 집집이 소 한 마리씩은 다 있었다. 이른 오후 산 자드락길에는 소떼들이 열(列)을 지어갔다. 마치 군인들이 일렬 종대로 행군하는 것 같았다.

초등학교 여름방학이 시작되는 날이었다. 집에 돌아와 보니 외양간에 있어야 할 암소가 보이지 않았다.

"어무이(어머니), 누렁이는요?"

"너거 아배가 누렁이를 팔려고 소시장에 갔다. 아이가"

아침에 학교 갈 때까지만 해도 순한 눈을 껌벅거리며 꼬리를 흔들던 누렁이를 이제는 볼 수 없다니…. 괜히 심통이 났다. 구유에다 침을 퉤 뱉었다. 그것도 모자라 오줌까지 누었다.

그날 땅거미가 내려앉을 무렵 장에 갔던 아버지가 송아지 한 마리를 끌고 왔다. 막 젖을 뗀 목매기 하릅송아지였다. 낯가림하느라 선뜻 우리 안으로 들어가지 않았다. 몇 번 뺑뺑이를 돌다가 겨우 들어갔다. 누렁이가 없는 소 마굿간을 아버지는 한참 동안 멍하니 바라보고 있었다.

"아이고, 그놈의 누렁이가 우시장에 들어서니 주먹 같은 눈물을 뚝뚝 흘리데."

그렇게 말씀하시는 아버지 눈가도 촉촉하게 젖어 있었다. 입에는 술 냄새도 풍겼다.

아버지의 소 사랑은 유별났다. 희붐한 새벽, 아버지가 가장 먼저 들르는 곳은 외양간이었다. 갈퀴로 소잔등과 굳은살이 박여 있는 목덜미를 긁어주면 누렁이는 '음매' 인사를 했다. 외양간은 늘 깨끗하였다. 아버지는 일주일이 멀다 하고 소 마굿간 바닥에 널려 있는 소의 분뇨를 쳐내고 북데기를 깔아 놓았다. 마치 자식 키우듯 길렀다. 이러한 아버지의 소에 대한 애정은 하릅송아지라고 별반 달라진 게 없었다. 오히려 누렁이보다 더했다. 혀가 얇은 송아지라 억센 풀 대신 잘게 썬 콩

깍지와 보리쌀 씻은 뜨물을 먹였다. 송아지도 이런 아버지의 정성을 아는지 그렇게 울어 쌓던 소리도 점점 잦아들었다. 아버지가 다가가면 살랑살랑 꼬리를 흔들어 댔다.

그런 송아지가 우리집에 온 지 한 달쯤 지났을까, 그만 사고를 치고 말았다. 그날은 처음 소 먹이러 가는 날이었다. 소고삐를 잡고 사립문을 나서니 집 뒤란에서 여물을 썰고 있던 아버지가 걱정스러운 얼굴로 당부하셨다.

"야야, 아직 코도 안 꿴 송아지인데, 소 먹이러 가도 괜찮겠냐. 잘 봐야 한데이."

마을 뒤 산골짜기에 들어서니 스무 남은 마리나 되는 동네 소들이 풍경을 딸랑거리며 풀을 뜯고 있었다. 그 당시 소먹이는 일은 쉬웠다. 소고삐를 뿔이나 목에 감은 다음 산속에 풀어 놓으면 되었다. 소 꽁무니를 졸졸 따라다니며 감시할 필요가 없었다. 소들끼리 풀을 뜯어먹다가 해거름 녘이면 약속이나 한 듯 산 중턱 분지에 모여 있기 때문이었다.

오후 내내 우리 꼬맹이들은 신이 났다. 졸졸 흐르는 계곡물에 발가벗고 목욕을 하기도 하고 편을 갈라 물싸움도 벌였다. 물속 바위틈에 숨어 있는 가재를 잡기도 했다. 언덕배기 밭에서 서리한 옥수수를 구워먹는 날도 있었다. 그날도 그랬다. 시간 가는 줄도 몰랐다. 저녁노을이 서녘 하늘을 벌겋게 물들이는 해거름녘, 소들이 모이는 분지에 가보니 유독 우리 송아지만 눈에 띄지 않았다. 문득 회초리를 든 아버지의 성난 얼굴이 떠올랐다. "코를 꿰지 않은 송아지를…"라는 아버지 말이 귀에 앵앵거렸다. 평소 아버지는 엄하고 무서운 분이었다. 조금의 잘못도 심하게 꾸중을 했다. 종아리에 멍이 들도록 두들겨 맞을 때도 있었다. 더구나 당신께서 가장 아끼는 소를 잃어버리다니.

산골짜기를 이리저리 돌아다녀 보았지만 송아지는 보이지 않았다. 같이 소를 먹이러 온 친구들은 모두 집으로 가버렸다. 산골이라는 게 해가 넘어가면 금세 어두워진다. 이산 저산에는 부엉이가 울고 있었다. 산짐승 울음소리도 들렸다. 맞은편 산등성이에는 시퍼런 불빛이 움직였다. 말로만 듣던 늑대 불빛인가, 머리끝이 쪼뼛 섰다. 무서워 산속에 있을 수가 없었다. 컴컴한 산길을 정신없이 내려왔다. 저 멀리 마을이 보였다. 컹컹 개 짖는 소리만 들릴 뿐 마을은 고요했다. 마을 어귀 느티나무에 이르니 온몸이 땀으로 범벅이 되었다. 동네 맨 뒤쪽에 있는 우리집이 희미하게 보였다. 회초리를 든 아버지가 눈앞에 어른거렸다. 배에서는 쪼르륵 소리가 났다. 사립문 앞에서 초조하게 아들을 기다리는 엄마 얼굴도 스쳐갔다. 집에 들어가기 싫었다. 에라, 모르겠다. 그냥 느티나무 밑 바위에 드러누웠다. 밤하늘에는 별들이 손에 잡힐 듯 가까이 내려왔다. 국자 모양을 한 북두칠성 위로 북극성이 웃고 있었다. 은하수가 하늘 가운데 길게 흘렀다. 별똥별 하나가 기다란 꼬리를 그리며 산골짜기로 떨어지기도 했다. 문득 산속에서 사라진 송아지가 별똥별이라는 생각이 들었다. 동네 앞 냇가에는 깔깔, 누나들 웃음소리가 간간이 들렸다. 오늘같이 깜깜한 밤이면 누나들은 저 냇물에서 멱을 감았다. 누나들의 허연 젖가슴을 훔쳐보려는지 그날 따라 별들의 눈빛이 유난히 초롱초롱했다. 앞산에는 소쩍새가 울고 있고, 밤하늘에는 반딧불이 반짝이며 날아다녔다. "성한아, 어디 있노." 아들을 애타게 찾는 엄마의 환청도 들렸다. '별 하나 나 하나, 별 둘 나 둘, 별 셋 나 셋….' 나도 모르게 스르르 눈이 감겼다.

"이놈 봐라. 여기서 자고 있네."

잠결에 아버지 목소리가 들렸다. 눈을 떠 보니 남포등을 손에 든 어머니 얼굴도 보였다. 벌떡 일어나 어머니 등뒤로 몸을 숨겼다. 다행히 아버지 손에는 회초리가 없었다. 터벅터벅 집으로 향하는 아버지 뒤를 조심조심 따라갔다. 안마당에 들어서니 음매, 송아지 울음소리가 들렸다. 산속 어디에 있어야 할 송아지가 외양간에 있다니. 송아지 엉덩이를 발로 한 번 찼다.

"야야, 이리 와 봐라."

아버지 부르는 소리가 들렸다. 덜컥 겁이 났다. 이제는 정말로 매를 맞는가 보다. 살금살금 다가가니 아버지가 씩 웃으며 삶은 옥수수 한 개를 내밀었다.

이튿날 아침이었다. 밥솥에 보리쌀을 안치다 말고 어머니가 불렀다.

"너 아배가 엊저녁에 너 때문에 얼마나 걱정했는지 아나."

그러면서 재 너머 전에 살던 집으로 간 송아지를 아버지가 밤중에 찾아왔다고 했다.

그로부터 10년이 지난 어느 봄날, 아버지는 당신 아들 대학 입학금을 마련하기 위하여 그 하릅송아지를 우시장으로 끌고 갔다. 그날 저녁에도 아버지 눈가는 촉촉하게 젖어 있었다. 술 냄새도 풍겼다.

제 4 부
하필 그날

바지를 내리고 첨벙 물속으로 뛰어든다.
"허허허" 여선생님의 웃음소리가 자맥질하는 물속까지 들린다.
"깔깔깔 까르륵" 모래톱 위에서 자지러지게 웃어 대는
여학생들의 웃음소리는 더욱 크다.
"깔깔깔 오줌싸개" 순이가 배를 잡고 웃는다.
그러면 그렇지, 저 입쌀개가 가만히 있을 리 없지.
그런데 하필 이런 날 물놀이를….
나도 모르게 입술이 뽀로통 부어오른다.

꽃신 할머니

슬레이트 집들이 이마를 맞대고 있는 마을이 훤해졌습니다. 마을 어귀에 만들어 놓은 꽃밭 때문입니다. 꽃내음이 진동합니다. 형형색색의 채송화, 봉숭아, 맨드라미, 나팔꽃이 함박웃음을 머금고 있습니다. 눈어림으로 봐도 열댓 종류나 됩니다. '아빠하고 나하고 만든 꽃밭에…' 어릴 적 골목길을 쏘다니며 불렀던 동요가 생각납니다.

등이 구부정한 할머니가 갈라진 흙살을 뚫고 올라온 채송화와 눈맞춤을 하고 있습니다. 꽃신 할머니입니다. 꽃무늬를 새겨넣은 신을 신고 다니는 할머니를, 동네 사람들은 '꽃신 할매'라고 부릅니다. 할머니 등 뒤로 유월의 따사로운 아침 햇살이 살포시 내려앉습니다.

이곳이 꽃밭으로 변한 지는 그리 오래되지 않았습니다. 이

땅은 원래 기와집이 서 있던 자리입니다. 그 집에서 평생을 사셨던 할머니가 돌아가시자 빈집이 되어버렸습니다. 낡고 오래된 집에다 돌보는 이가 없으니, 할머니 돌아가신 지 몇 해 지나지 않아 지붕은 내려앉고 벽은 허물어졌습니다. 어느 날부터인가 잡풀만 무성한 마당에는 마을 사람들이 몰래 내다 버린 쓰레기가 쌓여가기 시작했습니다. 음식물 찌꺼기에다 비닐봉지, 헌옷가지, 찌그러진 냄비 등 온갖 잡동사니들이 지천으로 널려 있었습니다. 여름이면 악취로 코를 막고 지나다녔습니다. 냄새 때문에 이웃 간에 다투는 일도 잦았습니다. 마을 이장(里長)이 방송이나 모임 석상에서 몇 번이나 신신당부를 해봤지만 쇠귀에 경 읽기였습니다. 오죽했으면 '이곳에 쓰레기를 버리면 삼대가 망한다.'라는 다소 섬뜩한 푯말까지 세워 놓았을까요. 그러다 보니 자연히 이웃간에 정도 멀어지고 인심도 흉흉했습니다.

그러한 마을이 꽃신 할머니가 이곳으로 이사를 온 뒤로부터 달라졌습니다. 그 지난해 봄입니다. 할머니 혼자서 한 스무남은 평 되는 이 빈집 안마당을 꽃밭으로 일구기 시작했습니다. 잡다한 쓰레기를 걷어내고 괭이와 삽으로 밭이랑을 만든 다음 꽃을 심었습니다. 꽃 종류도 윤기나는 꽃이 아니었습니다. 채송화, 봉숭아 등 골목길이나 흙담장 위에서 흔히 보던 꽃입니다. 할머니는 햇볕 쨍쨍 내리쬐는 여름에도 쉬지 않고 꽃을 돌봅니다. 풀도 뽑고 비료도 주고 목이 마를까 봐 물까지 주는 등 마치 자식 키우듯 했습니다. 어떤 날은 도회지에 사는 아들과 손자들이 우 몰려와서 거들어줄 때도 있었습니다. 그런데 참 이상한 일이 벌어졌습니다. 꽃밭이 생기고 나서부터는 쓰레기를 아무렇게나 버리는 일이 없습니다. 동네 사람끼리 아근바근 다투던 일도 사라졌습니다. 서로 멀뚱멀뚱 쳐다보기만 했던 사람들이 만나면 반갑게 인사를 합니다.

오늘 아침 또각또각 구둣발 소리를 내며 지나가던 생머리 처녀가 걸음을 멈추더니 맨드라미 향기를 맡습니다. 맨드라미도 처녀의 미모에 반해서인지 활짝 웃습니다.

마을 앞 철로 위로 철커덕 철커덕 경부선 열차가 지나갑니다. 처녀와 눈맞춤 아니 입맞춤을 하는 맨드라미를 보니 샘이 나는지 꽥 소리 지르며 지나갑니다.

갑자기 물음표(?) 두 개가 떠오릅니다.

마을 사람들이 이렇게 변한 것은 꽃신 할머니의 땀 때문인가요? 아니면 여리고 고운 꽃들의 웃음 때문입니까?

순우리말

요즈음 나는 모 TV 프로 '우리말 겨루기' 보는 재미에 푹 빠져 있다.

월요일 저녁 그 시간에는 웬만한 약속은 하지 않거나 뒤로 미루어 버린다. 오늘도 마찬가지다. 드라마를 봐야 한다고 하얗게 흘기는 아내 눈을 애써 외면하면서 TV 앞으로 바싹 다가앉는다.

솔직히 몇 해 전까지만 해도 순우리말을 보면 촌티 난다고 무시해버렸다. 그러나 지금은 다르다. 직장에서 퇴직한 후 글 쓰는 모임에 나가고 나서부터 마음이 달라졌다. 쉽고도 토속적인, 정감이 있는 우리말에 나도 모르게 마음이 끌린다.

순우리말, 분칠하지 않은 민얼굴이라고 할까. 그 옛날 고향 집 부엌 아궁이에서 청솔가지 타는 냄새가 난다. 한여름 여우비 뒤에 나타나는 파란 하늘 같다는 느낌도 든다.

사실 우리 주변을 살펴보면 외래어 한 토막 안 들어간 게 별로 없다. 아파트 이름만 해도 그렇다. 영어로 된 아파트가 많다. 내가 사는 아파트도 'Well Rich'이라고 영어로 쓴 명찰을 달고 있다. 오죽하면 '나이 많은 시부모가 못 찾아오도록 꼬부랑글씨로 이름을 새긴 아파트를 산다.'라는 우스갯소리가 나올까.

그리고 보면 'High-Seoul', 'Dynamic-Busan', 'Colorful-Daegu' 등 공공기관 건물 벽에도 영어로 쓴 현수막이 많이 걸렸다. 하긴 내 책상 위에 놓인 한글 사전 겉표지에도 'New 우리말 사전'이라고 영어 단어가 떡하니 들어가 있으니 더 할 말은 없다.

물론 글로벌 시대에는 어느 한 지역이나 국가에만 머무를 수만은 없다. 세계화로 나아가는 것이 당연하고 또 필요하다. 그래서 간판도, 상품명도 외래어로 하는 모양이다.

전철 안이나 청소년들이 많이 모이는 곳에서 그네들의 말을 들어보면 이건 무슨 말인지 통 알아듣지를 못하겠다. '짱, 존나, 열나, 당근이다.' 등 자기들끼리만 통하는 비속어나 은어를 사용하고 있다. 컴퓨터나 인터넷상에서도 마찬가지이다. 안녕을 '안농'이나 '앗농'으로, 단순하고 무식하다를 '단무지'로 줄여서 쓰고 있다. 이렇게 우리말이 외래어에 치이고 은어나 비속어에 눌려 점점 설 자리를 잃어가고 있는 것이 안타깝다.

갑자기 TV 화면이 웃음꽃, 환호소리로 뒤범벅된다. 드디어 우리말 달인이 탄생했다. 중년 부인이 그 주인공이다. 중간마다 아슬아슬한 부분도 있었지만 위기를 잘 넘겼다. 나도 저 프로그램에 한번 나가봤으면…. 그러나 얇은 실력, 언감생심일 뿐이다. 오늘도 생판 처음 들어보는 우리말 몇 가지를 건졌다. '흙주접, 얼러방치다, 초라떼다, 해사하다' 등이다. 이 얼마나 정겨운 말인가.

땅심

"여보 빨리 와 봐요. 무서워요."

산모롱이 묘지 옆을 지나가던 아내의 겁먹은 소리가 들린다. 달려가 보니 무덤 뒤편에는 누군가 내다버린 폐비닐 조각들이 나뭇가지에 걸려 펄럭이고 있다. 마치 형형색색의 만장(輓章)이 춤을 추고 있는 형상이다. 그 모양새가 희읍스름한 어둠속에 파묻혀 상여 앞에 줄지어 가는 깃발 환영(幻影)으로 다가온 모양이다.

지난주 일요일 아침이다. 나를 바라보는 아내의 표정이 심상찮다. 한참 동안 뜸을 들이다가 말을 끄집어낸다. "성암산 초입에다 한 서른 평 남짓한 묵정밭을 빌려 놨으니 오늘은 밭일을 나갑시다."

직장에서 퇴직 후 거실 소파에 앉아 TV 리모컨이나 돌린다고 타박만 하던 아내가 며칠 전부터 살갑게 구는 이유를 알 만했다.

밭에는 이름 모를 잡풀들이 무성하였다. 어설픈 일꾼이라 그런지 풀을 베어내고, 밭고랑 만드는 일도 녹록하지 않았다. 땅 밑에는 풀뿌리가 이리저리 얽혀 있고 시커먼 비닐 조각들도 묻혀 있다. 묵혀 놓은 땅인지라 들풀이 자라는 것은 당연하겠지만 비닐은 좀 심하지 않은가. 그러고 보니 밭 주위에도 몰래 버린 쓰레기가 여기저기 널브러졌다. 나무막대기나 종이라면 태워 버리기라도 하겠지만 플라스틱으로 만든 잡동사니들은 소각하기도 곤란하다. 다들 자기집 안마당, 안방은 윤기가 나도록 쓸고 닦고 요란을 떨건만.

유년 시절 고향집 앞 빈터에는 켜켜이 쌓아 놓은 두엄 무더기가 있었다. 꼬맹이 키로 두어 배 될 만큼 높다랗게 쌓아 놓았다. 그 당시 농촌에는 버릴 것이 별로 없었다. 음식물 찌꺼기도, 배설물도 버리지 않고 모아두었다. 그제 본 묘지 옆 나뭇가지에 걸려 귀신 형상을 한 비닐 조각이나 찌그러진 플라스틱 바구니는 상상도 못 했다. 두엄을 먹고 자란 곡식은 병충해에도 강해서 농약을 칠 필요가 없다. 밭에서 금방 따온 고추나 오이도 씻지 않고 바로 먹을 수 있다. 그러나 지금은 농사짓는 땅을 천대하고 있다. 땅심은 염두에 두지 않고 화학비료에다 농약만 쳐 댄다. 땅이 화가 많이 나 있다.

요즈음 나는 아침저녁으로 텃밭 둘러보는 재미가 쏠쏠하다. 잡초도 뽑아주고, 농협 공판장에서 사온 계분(鷄糞)도 뿌려주는 등 그 옛날 선친께서 하던 그대로 땅심을 돋운다.

아마도 하늘에서 이를 보고 계실 부모님도 고개를 끄덕이고 계시리라. 오늘도 삽질하는 팔에 힘이 솟는다.

쑥 뜯는 남자

많고 많은 기다림 중에서 봄나물은 가장 향긋한 기다림이다.

오늘 아침이다. 아내가 느닷없이 쑥을 뜯으러 가잔다. 그러면서 검정 비닐봉지와 쑥 캐는 칼을 챙긴다.

"그러지 뭐"

대답은 심드렁했지만 속으로 쾌재를 불렀다. 퇴직 후 마땅히 갈 곳이 없는데다 쑥국이라면 자다가도 벌떡 일어나는 촌스러운 식습관 때문이다. 주섬주섬 옷을 챙겨 입고 아파트 지하 주차장으로 내려가니 아내가 차에 시동을 건 채 기다리고 있다.

오늘 갈 곳은 가야산이 굽어보는 고향 마을이다. 일부러 그곳을 택한 것은 아니지만 어쩌다 보니 그렇게 되었다. 고향 가는 길은 언제나 마음이 설렌다. 매연 풍기는 도심을 벗어나니 널따란 들녘이 눈앞에 펼쳐진다. 며칠 전까지만 해도 꽃샘은 물론 잎 시새움까지 하며 심술을 부리던 날씨가 오늘은 잠잠하다. 길섶에는 산수유가 노란 실눈을 뜨고 있다. 개나리도 흐드러지게 피었다. 슬레이트 집 뒤란의 하얀 백목련이 눈인사를 한다.

차로 두어 시간 달려가니 저 멀리 고향 동네가 눈에 들어온다. 소잔등 같은 능선에 에워싸인 고향 마을, 언제 봐도 어머니 품처럼 포근하다. 그 옛날 상엿집이 있던 야트막한 언덕을 넘어서니 참새미골 어귀 비알밭이 보인다. 아버지가 괭이와 삽으로 손수 일군 밭이다. 고구마도 심고 채소도 갈아먹던 밭이 지금은 묵정밭으로 변했다. 그곳이 오늘 쑥을 캐는 곳이다.

밭둑에 걸터앉아 쑥을 뜯는다. 양지쪽이라 그런지 쑥이 제법 새순을 틔웠다. 봄이라고 부르기엔 아직 이른데도 쑥이 이름값을 하는지 쑤욱 올라왔다. 쑥 캐는 일은 생각처럼 만만하지 않다. 그냥 손으로 뜯으니 잎은 찢어지고 뿌리만 남는다. 칼로 줄기를 베어보지만 이것 또한 마음먹은 대로 되지 않는다. 에라, 모르겠다. 되는 대로 뜯어보자.

"쑥 잘 뜯으소. 소 꼴 베듯 아무렇게나 캐지 말고."

역시 아내는 족집게다. 삼십 년 넘게 한 이불 덮고 살다 보니 뒷모습만 봐도 다 아는 모양이다.

"내 그럴 줄 알았다 카이."

검정 비닐봉지를 펼쳐본 아내의 타박이 계속된다. 힘이 빠진다. 밭둑에 앉아 애꿎은 담배만 뻑뻑 피워 댄다.

밭둑 돌 틈으로 삐죽하게 나온 민들레가 봄 햇살을 쬐고 있다. 민들레는 척박한 땅에서도 곧잘 뿌리를 내린다. 달빛 부서지는 강둑이든, 도심의 보도 블록이든 가리지 않는다. 하얀 씨앗을 발로 툭 차거나 입으로 훅 불면 하늘로 치솟아 올라 새로운 번식의 터전을 찾아 날아간다. 한계를 기회로 바꾸는 지혜의 풀이다. 사람도 마찬가지다. 좋은 기회는 높은 곳에, 멀리 있다고 생각하지만 자세를 낮추는 사람에게 잘 보이는 법이리라.

저 멀리 아래뜸 들녘에는 하얀 비닐하우스가 지천으로 널려 있다. 그 유명한 성주 참외 재배지다. 노란 참외가 비닐막 속에서 자란다. 비닐은 비바람을 막아 준다. 성가신 벌레도 덤벼들지 못하게 한다. 지나다니는 사람들에게 밟힐 염려도 없다. "눈이 오면 눈 맞을세라. 비 오면 비 젖을세라…" 어느 가수가 부른 노랫말처럼 온실 속에서 고이고이 자라고 있다. 그 옛날 노지(露地)에서 자란 개똥참외는 그러하지 못했다. 비를 맞으며 자랐다. 세차게 불어오는 바람도 피하지 않았다. 생긴 모양새도, 색깔도 볼품은 없지만 진득한 뒷맛은 있었다.

문득 아파트 숲 속에서 금이야 옥이야 귀하게 자라고 있는 요즘의 아이들이 비닐 속 참외를 닮았다는 생각이 든다. 꼬맹이 때는 말할 것도 없고, 키 멀쑥한 중학생을 자가용으로 학교 앞까지 데려다 주지 않나. 부모가 툭하면 학교에 전화를 걸어 선생님에게 이래라저래라 훈계까지 하며 따진다니.

어느 유명회사는 신입사원 면접을 보기 전에 꼭 대기실을 둘러본다고 한다. 부모와 같이 온 지원자가 있으면 얼굴을 기억해 두었다가 면접에 낮은 점수를 주기 위해서란다. 학벌이나 학점, 토익점수는 좋은데, 자발성과 독립심이 떨어지는 일명 '마마보이'들에게 일을 시키면 끝까지 해내려는 패기가 부족하기 때문이란다.

그럭저럭 하루해가 설핏하다. 산그림자가 마을로 내려오고 있다. 시계를 보던 아내가 그만 집으로 가자고 한다. 아내의 쑥 보따리는 배가 불룩하다. 마누라의 굵은 허리통을 닮았다.

"오늘 하루 어땠어요?"

"그냥 뭐"

아침에 나설 때와 똑같은 대답이 나도 모르게 튀어나온다.

"아이구 경상도 남자 아니랄까 봐."

깔깔 웃는 아내 얼굴에 쑥 냄새가 배어 있다.

한참을 가다 뒤돌아보니 멧부리 위로 얼굴을 내민 보름달이 쑥 뜨는 남자, 잘 가라며 환하게 웃고 있다.

뜬 모 심는 농심으로

똑똑똑 대오리 문 두드리는 소리가 들린다.

가늘게 쪼갠 댓개비로 얼기설기 엮어 만든 대오리 문짝이 심하게 흔들린다. 이 밤중에 누구지? 창호지 문구멍을 통해 바깥을 보니 호랑이 선생님 얼굴이 보인다.

호랑이 권 선생님, 무섭기로 소문이 난 담임 선생님이다. 작달막한 키에 마라톤을 하셨다는 선생님 손에는 언제나 회초리가 쥐어져 있었다. 네댓 시간 전까지만 해도 교실에서 뵈었던 선생님이 이 밤중에 왜 오셨을까. 그것도 재를 두어 개나 넘어야 하는 이 산골 마을까지. 그나저나 선생님 얼굴만 봐도 가슴이 콩닥거린다.

그새 깜빡 잠이 들었던 모양이다. 앉은뱅이책상 위에 놓여 있는 면경을 들여다보니 입 가장자리에 침이 묻었다. 얼른 수

건으로 얼굴을 쓱쓱 문지르고는 살며시 창문을 연다.

"이놈 봐라, 공부는 하지 않고 잠만 잤구먼."

"……"

선생님이 용하긴 용하다. 잠잔 티를 내지 않으려고 침을 닦았건만. 신발을 벗고 방에 들어오더니 숙제 검사를 하겠단다. 숙제 검사는 학교에서 하면 되는데. 뚱한 표정을 한 나를 빙그레 웃으며 쳐다보다가 책상 앞으로 앉힌다. 다행히 숙제는 해놓아 안심이다. 한참을 두리번거리던 선생님이 책꽂이에 꽂혀 있는 산수 수련장을 꺼내더니 문제를 풀어보라고 한다. 하필 내가 제일 싫어하는 산수 과목을. 끙끙거리며 풀어보지만 가위표가 많다. 빡빡 깎은 내 머리통에 선생님의 꿀밤이 언제 날아올지 몰라 긴장이 된다. 그런데 이상하다. 오늘은 답이 틀려도 꿀밤을 먹이지 않는다. 어쩌다 답을 맞히면 껄껄 웃으시며 등을 두드려 준다. 그토록 무서운 선생님이 칭찬을 해주다니. 순간 아버지께서 오일장에 다녀오던 날 밤, 술 냄새 진동하던 입으로 볼맞춤 해주던 모습이 떠올랐다. 평소에는 엄하고 무뚝뚝한 아버지였는데.

지난 주말에는 오랜만에 초등학교 동창회에 참석했다. 학교 운동장에 들어서니 졸업 횟수별로 천막을 쳐놓았다.

'33회'라고 명찰이 붙은 천막 속에는 중늙은이들이 많이도 와 있다.

어릴 적 재 너머 살던 숙이가 이날 처음으로 얼굴을 내밀었다. 근 오십 년 만에 본다. 그 옛날 고무줄놀이 하던 운동장이며 빛바랜 학교 건물을 물끄러미 바라보더니 불쑥 한마디 던진다.

"학교가 와 이레 팍삭 작아져 버렸노."

하긴 그렇다. 마냥 널따랗게만 보이던 운동장이, 우람하던 2층 건물이, 우리키보다 한 자 가웃이나 커 보이던 탱자나무 울타리도 왜 이렇게 작아졌을까.

그러고 보니 동창생들의 얼굴도 빛이 바래긴 마찬가지다. 옷소매에는 늘 콧물 자국이 뻔질뻔질하던 광식이 얼굴에도 세월의 흔적이 많이 내려앉았다. 모두 모처럼만에 동심으로 돌아간 탓인지, 푸짐하게 차려놓은 술안주만큼이나 캐내는 추억거리도 풍성하다. 공부시간 중에 묘사 떡 얻어먹다가 엉덩이 큼지막한 여선생님에게 혼난 일, 운동장 한쪽 채소밭에 인분 퍼 나르던 얘기와 혁명공약을 외우지 못해 벌 청소하던 일 등 끝이 없다. '누구는 누구를 좋아했다.'에 이어 '어느 남선생님과 여선생님이 뽀뽀하는 장면을 봤다.' 라는 얘기에는 모두 배꼽을 잡고 웃는다. 그 옛날 앞니 빠진 갈가지(범 새끼를 일컫는 방언)가 아닌 누런 금이빨들이 웃고 있다.

추억담은 시간을 빼앗아 먹는 하마인가. 그새 산그림자가 학교 뒷산을 보듬고 있다. 막걸리 몇 잔에 불콰해진 얼굴로 교문을 나서니 너른 들녘에 저녁노을이 내려앉는다. 모내기 끝난 논에 한 늙은 농부가 저녁노을을 등에 진 채 뜬 모〔補植〕를 한다. 이앙기 손길이 닿지 않는 구석진 곳을 찾아다니며 손으로 모를 심는다. 농심을 심고 있는 중이다. 할아버지가 모를 꽂다 말고 허리를 쭉 편다. 둘둘 걷은 바지 밑에는 백로를 닮은 가느다란 다리가 보인다. 할아버지 뒤에는 연초록색 모가 바람에 하늘거린다. 저 여린 것이 땅내나 제대로 맡을 수 있을는지.

구석진 논배미를 찾아다니며 뜬 모를 하는 농부를 보니, 그 옛날 개구리가 심하게 울어 대던 날 밤, 산골 마을을 찾아다니며 산수 문제를 풀어주던 담임 선생님 얼굴이 떠오른다.

땅내를 빨리 맡도록 농심을 심고 있는 저 촌부처럼, 하루 빨리 공부 내음을 맡도록 등을 두드려 주던 권 선생님이 눈앞에 어른거린다.

짬짜미

모르는 사람을 만나면 우선 이름, 사는 곳, 직업 등을 묻는다. 거기에다 한 걸음 더 나아가 고향이나 출신학교, 심지어 관향(貫鄕)까지 물어본다. 동향이거나 학교가 같으면 얼굴색이 환해진다. 본(本)이 같으면 일족이라며 서로 껴안는 이도 있다.

오래전 일이다. 한 스무 해 전이니까, 내 나이 막 불혹을 넘겼을 때 이야기다. 옆자리 이 주사 어깨가 축 처져 있다. 소문에 의하면 이번 과장 진급심사에서 후배에게 밀렸다는 것이다. 후배도 한참 후배인 민 주사가 이 주사를 제치고 진급했다는 소문이 나돌았다.

민 주사는 이번에 새로 부임한 본부장과 동향에다 학교도 동문이라고 한다. 본부장이 서울에서 내려오던 날 저녁, 칼바람 부는 겨울인데도 본부장 사택 앞에서 2시간 넘게 기다리더라는 '카더라 방송'이 돌기도 했었다. 하긴 민 주사는 윗사람 비위 하나는 잘 맞춘다. 알랑방귀의 달인이다. 그러나 동료나 아랫사람에게는 쌀쌀맞게 대한다. 다들 그와 자리를 같이하는 걸 피한다.

거기에 비하면 이 주사는 성실하다. 업무처리도 남들 못지않게 잘한다. 새벽같이 출근하여 밤늦게 퇴근한다. 그런데 흠이라면 흠이 있다. 우선 가방끈(학력)이 짧다. 시골에서 태어난 그는 육 남매 장남으로서 고등학교만 마치고 이 회사에 들어왔다. 성격 또한 올곧다. 때로는 윗사람에게 적당히 비위 맞출 줄도 알아야 하는데 너무 교과서적이다. 동료나 아랫사람에게는 항상 웃으며 대한다. 온갖 궂은일은 혼자 도맡아 한다. 그러나 가방끈 짧은 그를 당겨줄 튼실한 연줄이 없다.

'짬짜미'라는 순우리말이 있다. 남들 모르게 자기네들끼리만 짜고 하는 약속이나 수작을 말한다. 한마디로 학연, 지연, 혈연이 같은 사람들끼리 짜고 치는 고스톱이다.

'○○공사 짬짜미 업체 대표 입건'이라는 뉴스 자막이 TV 화면에 뜬다. 경쟁력은 아예 배제하고 끼리끼리 속닥속닥 거리며 밀어주고 당겨주는 짬짜미가 사라지지 않고서 우리 사회가 공정사회로 나갈 수 있을지.

문득 그날 저녁 회사 뒤편 골목쟁이 선술집에서 이 주사가 늘어놓던 푸념이 생각난다.

"00학교를 나왔나. 고향이 00인가. 성이 000씨인가."

추억의 흑백 사진

오늘은 봄맞이 대청소를 하는 날이다.

책장에 빼곡하게 꽂혀 있는 문예지, 시집, 수필집 등을 꺼내어 먼지를 털어낸 다음 장르별로, 연도별로 정리한다. 꾀죄죄하던 서가(書架)가 말간물에 세수한 아이 얼굴같이 허여멀쑥하다

책장 맨 밑 서랍을 열어보니 누렇게 빛이 바랜 흑백 사진 한 장이 눈에 들어온다. 초등학교 졸업 사진이다. 픽 웃음부터 먼저 나온다. 하나같이 여학생은 흰 저고리에 검정 치마, 남학생은 기운 흔적이 있는 시커먼 교복에 까까중머리이다. 뚫어지게 바라보고 있는 흑백 사진 위로 그 옛날 졸업식 추억 한 자락이 봄 햇살처럼 내려앉는다. '혁명공약'을 외우지 못한다고 '얼금뱅이' 선생님으로부터 꿀밤깨나 얻어맞았던 때

였으니까, 근 반세기 전의 일이다.

널따란 강당에는 장학사, 면장 등 유지들과 학부형이 많이 와 있다. 엉덩이 큼지막한 여선생님의 풍금 소리에 맞춰 교가를 부르고 나면, 머릿기름을 반질반질하게 바른 '포마드 교장' 선생님의 지루한 훈화에 이어 상장이 수여된다. '위 사람은 학업 성적이 우수하고 품행이 방정하여…'로 시작되는 우등상은 늘 받는 사람이 받는다. 그러나 개근상은 다르다. 농촌 학교이다 보니 6년 개근상을 받는 친구는 아예 없다. 1년짜리 개근상 받는 사람도 고작 한두 명뿐이다. 모내기나 가을걷이 등 농번기에는 꼬맹이들도 농사일을 거들어야 하므로 일 년 내내 학교를 빼먹지 않고 다니기란 쉽지 않다.

이윽고 재학생들의 '빛나는 졸업장을 타신 언니께 꽃다발을 한아름 선사합니다.'라는 노래에 이어 졸업생들의 '잘 있거라 아우들아, 정든 교실아. 선생님 우리들은 물러갑니다.'라는 소절에 이르면 여기저기서 훌쩍거리는 소리가 들리기 시작한다. '냇물이 바다에서 서로 만나 듯 우리도 이다음에 다시 만나자.'의 합창이 끝나고 나면 강당 전체는 울음바다로 변한다.

이렇게 농경시대 졸업식의 겉모양은 초라했지만 정은 있었다. 지금의 졸업식 풍경은 어떠한가. 분위기도 의미도 크게 다르다. 일부 학생들이긴 하지만 교복을 찢고 밀가루를 뿌리지 않나. 심지어 알몸 뒤풀이를 강요하고 있다니. 더구나 올해에는 학교폭력이 사회문제로 대두하고 있어서 그런지 교문 앞에는 빨간 경광등을 단 경찰차가 서 있다. 졸업은 학업의 과정을 마친다는 뜻 외에 시작의 의미도 담겨 있다. 건전한 졸업 문화가 정착되어 학교를 마치고 사회로 나가든, 상급학교로 진학하든 간에 새로운 인생행로를 찾는 시발점이 되었으면.

빛바랜 흑백 사진 속에는 아래뜸에 살던 철수가 울고 있다. 옷소매에는 늘 콧물 자국이 뻔질뻔질하면서도 여학생 고무줄 하나는 잘도 끊던 철수도 졸업은 서러운 모양이다.

잉걸불

오늘따라 진눈깨비가 추적추적 내린다.

시계를 보니 오후 다섯 시, 날씨도 시각도 술맛 당기게 한다. 아내와 골목 식당 문을 열고 들어서니 늙은 주모가 눈웃음으로 맞이한다. 등받이가 없는 딱딱한 나무의자에 걸터앉자, 술청 위에 막걸리 주전자가 놓인다. 벽에는 돼지국밥, 술국, 파전, 두부김치라고 갈겨쓴 차림표가 걸렸다. 다른 집보다 값이 싸다. 아내가 술국과 파전을 주문한다.

옆자리에는 백발이 성성한 어르신들이 시래기를 넣고 푹 끓인 돼지국밥에 막걸리잔을 기울이고 있다. 한 대여섯 분 된다. 입성이 추레하다. 이 추운 겨울에 얇고 해진 잠바를 입었다. 후후 불며 국물을 떠먹는 어르신들 콧잔등에 땀방울이 송골송골 맺혔다. 보글보글 끓는 국 한 사발이 꽁꽁 언 어르신들 마음을 확 풀어 주리라.

식당 한가운데에는 시커먼 화목(火木) 난로가 놓였다. 요즈음 세상에 전기나 기름 난로가 아니고 장작 난로라니…. 떡 벌어진 난로 아가리에는 장작불이 혀를 날름날름 내민다.

유년 시절 전깃불도 들어오지 않는 산골 마을에서 겨울철 새벽을 맞노라면 추위에 온몸이 옹동고라졌다. 방구들의 온기는 이미 사그라지고 없다. 그 시각 아버지는 쇠죽을 끓이러, 어머니는 아침밥을 지으러 나갔다. 마려운 오줌을 참으며 아랫목 이불 속으로 파고드는 그때, 부엌 창호 틈 사이로 매캐한 연기가 들어왔다. 이어 캑캑 어머니 기침 소리도 들려왔다. 포슬눈 젖은 솔가리에 성냥불을 긋고 입을 동그랗게 모아 훅훅 불다 사레들린 것이었다. 눈 덮인 지붕 위 굴뚝에 연기가 너울거리면 어머니는 아궁이 앞에서 꾸벅꾸벅 졸았다. 어린 자식들 추위에 떨지 않게 하려고 밤늦도록 해진 옷을 꿰매다 새벽녘에 눈을 잠깐 붙였기 때문이다. 구수한 밥 냄새가 날 즈음이면 장작불은 사위어 가기 시작했다. 어머니는 광 속에 있는 고구마를 꺼내 잉걸불에 집어넣었다. 속이 노랗게 익은 군고구마를 뚝 잘라 자식들 입에 넣어주던 어머니 가슴에는 늘 솔가지 냄새가 났다.

"마, 그냥 가이소."

"그러면 미안해서 안 돼, 천 원짜리 한 장이라도 주고 가야지."

갑자기 식당 안이 시끌벅적하다. 옆자리 어르신들의 식사가 끝난 모양이다. 작대기를 짚은 어르신이 천 원을 건넨다. 다른 사람들도 줄줄이 천 원을 낸다. 벽에는 "돼지국밥 오천 원, 막걸리 이천 원"이라고 적혀 있는데 천 원이라니.

"그냥 가시라 캐도, 고집은."

돈을 받아 헐렁한 고무줄 바지 주머니에 넣는 할머니 얼굴에 애처로움이 가득 담겼다.

"설움 중에 가장 큰 설움은 배고픈 설움이지…."

활활 타오르던 장작불이 사그라졌다. 장작불도 '할머니 표 국밥'으로 속을 채운 어르신들을 따라가 버린 모양이다. 빨간 잉걸불만 남았다. 잉걸불 속에는 고구마 서너 개가 제 살을 태우고 있다.

바깥을 보니 진눈깨비가 그쳤다. 땅거미가 시장 골목에 깔리기 시작한다. 아내가 그만 가자며 일어선다. 그때다. 할머니가 군고구마 두 개를 손에 쥐여 준다. 갑자기 울컥 목울대가 치솟는다. 눈물이 핑 돈다. 그 옛날 잉걸불에 구운 고구마를 뚝 잘라 입에 넣어 주던 어머니가 눈앞에 어른거려서다.

아내의 착각

아내가 눈물을 흘린다.

대학 등록금을 마련하겠다고 아르바이트하던 청년이 질식사했다는 TV 뉴스를 보면서 울고 있다.

그 청년은 어려운 가정 형편 때문에 학교를 다니지 못했다. 독학으로 고입·대입 검정고시를 거쳐 삼 년 전 대학에 입학했다고 한다. 겨우 한 학기를 마치고 군에 입대했다가 지난 오월에 전역했다. 제대하면 며칠은 푹 쉴만도 하건만, 군에서 나오자마자 아르바이트를 한 모양이다. 그것도 야간작업에다 위험한 터보 냉동기 점검 작업장을 택해서 일하다가 목숨을 잃었다. 임금이 많다는 이유로.

스물두 살 청년, 한창 친구들과 어울려 다니며 멋부릴 나이다. 그러나 이 청년은 일찌감치 철이 들었다. 대학만 졸업하면 어머니를 호강시켜 드린다고 했다. 자신처럼 고등학교에 진학 못한 여동생도 공부시켜 준다고 다독이던 청년이다. 그 놈의 대학이 무언지. 대학을 나와야 취직하기 쉽고, 사람대접을 받을 수 있다는 기형적인 고학력 사회이기 때문인가.

홀쩍거리던 아내가 나를 보더니 쑥스러운지 싱긋 웃으며 경산 재래시장에 가잔다.

"울다가 웃으면 똥 구녁에 털이 난다는데."

"깔깔깔"

소리내어 웃는 아내 얼굴에 빗금이 많이도 그어져 있다. 아내 또한 오래전에 두 아들 대학 등록금이라도 보탤 요량으로 남대문시장에서 아르바이트한 적이 있다. 박봉의 공무원을 남편으로 만난 탓에.

장터에 들어서니 오후 다섯 시, 장은 이미 파장(罷場)이다. 여름이라 그런지 시장바닥이 형형색색의 과일이며 나물들이 지천으로 널려 있다. 주홍색의 토마토, 노란색 참외가 좌판에 깔렸다. 얼룩무늬 옷을 입은 수박은 덩그런 받침대 위에 짚방석을 깔고 앉았다. 시장 끄트머리 할머니 좌판에는 초록색 풋고추와 남색 가지가 말간 낯을 하고 있다. 해종일 가댁질하다 들어온 나를 말갛게 씻어 주던 어머니가 생각난다. 사십 년 전에 영면하셨다. 이달에는 산소에라도 들러야겠다.

장터 옆 허름한 국밥집 미닫이문을 열고 들어서니 아주머

니가 앞치마에 손을 닦으며 눈인사를 한다. 나무의자에 걸터
앉아 막걸리를 청하자 술국도 따라 나온다. 밤새도록 푹 삶은
돼지고기에 시래기와 부추, 대파를 넣고 끓여낸 국물이다. 속
은 물론 마음까지 시원하다. 직장에서 은퇴 후 이 맛에 자주
들르는 집이다. 맞은편 의자에 앉아 뜨신 국물을 후후 불며
떠먹는 아내 콧잔등에는 땀방울이 송골송골 맺혔다. 속이 빈
못난 아내. 근사한 레스토랑에서 와인에다 두툼한 스테이크
칼질 한번 못하고 매양 들르는 이런 곳이 좋단다. 마음이 짠
해서 아내 얼굴을 물끄러미 쳐다보니 막걸리 한 사발을 따라
서 내 앞에 놓는다. 눈치까지 없는 바보 마누라.

옆자리에는 파장꾼들로 좁아터진 술집이 시래기 국물처럼
자글자글 끓고 있다.

"어이, 여기 막걸리 한 병"

여기저기에서 연신 불러 댄다. 주인아저씨 얼굴에 웃는 낯
꽃이 피었다. '똑똑똑' 주방 아주머니의 도마질 소리도 요란
하다. 부부의 얼굴에 생기가 넘친다. 그러고 보니 생김새도
남매처럼 닮았다.

오늘은 인물 훤한 아르바이트생이 음식을 나른다. 장터 사
람들의 투박한 반말에도 웃으며 대한다.

"등록금을 벌겠다고, 이런 험한 곳에서 아르바이트하다니.
쯧쯧"

아내가 중얼거린다. 한참을 지나니 식당이 조용하다. 한 차례 큰 물결이 지나간 것 같다. 막걸리 한병을 새로이 가져다 주는 아저씨에게 아내가 묻는다.

"저 알바생 참 잘 생겼어요. 새로 들어온 모양이지요?"

주인아저씨가 아내를 멀뚱멀뚱 쳐다보더니

"알바생이 아니고 대학 다니는 우리 아들입니다."

"……"

아내의 벌어진 입이 다물어지지 않는다.

하필 그날

그날은 아침부터 영 조짐이 좋지 않았다.

"국민(초등)학교에 다니는 녀석이 오줌을 지려."

아버지의 호통에 키를 쓰고 뒷집으로 소금 얻으러 간 것까지는 그렇다손 치더라도…. 그 모습을 같은 반 여학생인 '입쌀개' 순이가 훔쳐본 것이다.

학교에 간다고 사립문을 나서긴 했지만 여느 때와 달리 시커먼 말표 고무신이 자꾸만 벗겨진다. 이런 날은 고무신도 학교에 가기 싫은 모양이다. 날씨는 왜 그리도 후덥지근한지. 꽁보리밥을 꾹꾹 눌러 담은 양은 도시락과 겉표지가 반쯤 뜯겨나간 교과서를 둘둘 말은 검정 책보자기는 또 얼마나 무거운지. 가끔은 학교 가는 것을 빼먹고 마을 앞 도랑에서 가재나 중태기(버들치)를 잡자고 꼬드기던 옆집의 광수도 먼저 가버렸는지 보이지 않는다. 갈치 꼬리처럼 기다란 논둑길을 터벅터벅 걸어가니 빛바랜 학교 건물이 나타난다. 이래저래 걱정이다. 그놈의 입쌀개 순이가 재잘거리며 흉을 볼게 불 보듯 뻔하기 때문이다.

교실에 들어서니 단발머리 순이가 힐끔 쳐다보며 싱긋 웃는다. 나 또한 아무 일 없다는 듯 눈을 찡긋하며 맨 뒤쪽 자리에 앉아보지만 가슴은 콩닥콩닥거린다. 오늘따라 낭랑한 선생님의 목소리는 아예 귀에 들어오지 않는다. 시간은 왜 그리도 더디 가는지.

"땡땡땡"

이윽고 오전 세 시간 수업을 마치는 종이 울린다. 한 시간만 지나면 집으로 간다. 빨리 지나갔으면. 다행히 순이는 말한마디 없이 얌전하다. 마지막 쉬는 시간이라 그런지 좁아터진 교실이 전쟁 놀이터 같다. 구구단은 못 외우지만 땅따먹기 하나는 곧잘 하던 쌍수, 쌍곤이 형제가 먼저 뛰고 내달린다. 이름에 '쌍'자 붙은 쌍둥이인지라 싸움이라도 할라치면 두 녀석이 합세해서 덤벼들기 때문에 함부로 건드리지 못하는 친구이다. 이때다. 누군가 고함을 친다.

"선생님이 오신다."

아수라장 같던 교실이 금세 조용하다. 교무실로 간 줄 알았던 선생님이 들어온다. 회초리로 땅땅 교탁을 두어 번 두드리

더니 다음 시간에는 학교 앞 냇가에 멱감으러 가니까 준비를
하란다. 갑자기 하늘이 노란색으로 변한다. 늘 입고 다니던
삼베 사각팬티를 오늘따라 입고 오지 않았다. 여름 속옷이 달
랑 두 벌뿐인데다 한 벌은 너덜너덜 해져 구멍이 숭숭 나 있
고, 나머지 한 벌은 지난 새벽에 오줌을 싸버려 바지만 입은
채 그냥 온 것이다.

　냇가에 이르니 장마 뒤끝이라 물이 제법 불었다. 다른 날
같으면 벌거벗은 몸으로 첨벙 물속으로 뛰어들었을 터이지
만, 오늘은 여학생들이 지켜보고 있어 다들 쭈뼛거린다. 맨
뒷줄에 서 있던 창환이가 팬티를 입고 냇물 속으로 뛰어든다.
이게 신호라도 되듯 하나둘 모두 팬티 바람으로 물속으로 들
어간다. 냇물 속에 들어서자마자 누가 먼저랄 것도 없이 편을
갈라 물싸움을 한다. 그나저나 걱정이다. 여학생들 보는 앞에
서 발가벗고 들어갈 수는 없고.

　"성한아, 너는 왜 물에 안 들어가니?"

　"……"

　"야 이놈 봐라."

　호랑이 여선생님의 꿀밤이 뒤통수에 날아든다. 에라 모르
겠다. 두 눈을 찔끔 감은채 바지를 내리고 첨벙 물속으로 뛰
어들었다.

　"허허허"

여선생님의 웃음소리가 자맥질하는 물속까지 들린다.

"깔깔깔 까르륵"

모래톱 위에서 자지러지게 웃어 대는 여학생들의 웃음소리는 더욱 크다.

"깔깔깔 오줌싸개"

순이가 배를 잡고 웃는다. 그러면 그렇지 저 입쌀개가 가만히 있을 리 없지.

'그런데 하필 이런 날 물놀이를…' 나도 모르게 입술이 뽀로통 부어오른다.

슬픈 쑥떡

"허허 천벌을 받겠어, 천벌을. 쯧쯧"

환경미화원의 혀 차는 소리가 들린다. 아파트 뒤편 쓰레기장에는 쑥떡이 버려졌다. 노란 콩고물을 묻힌 쑥떡이다. 그 옆에는 노끈이 풀어진 허접스런 택배 상자도 보인다. 누군지는 모르지만 시골 노부모가 보낸 쑥떡을 통째로 내다버린 모양이다. 언젠가 모임에서 "요새 젊은이들은 촌에서 보낸 음식물은 뜯어보지도 않고 쓰레기통에 버린다." 라는 말을 들은 적은 있지만 이렇게 눈으로 보기는 처음이다.

어릴 적 보리누름 무렵이면 시골에는 누구네 집 할 것 없이 먹을 양식이 부족했다. 점심 한 끼 정도는 쑥떡이나 개떡으로 때웠다. 오죽했으면 주고받는 인사도 '식사하셨어요.' 나 '점심 먹었는가.' 였을까.

아지랑이 가물가물 피어오르는 봄날이면 바구니를 옆에 낀 어머니들은 쑥이나 냉이를 캐러 다녔다. 지난해 거두어들인 양식은 바닥나 버렸고, 보리 수확 때까지는 한참이나 기다려야 하니 다들 끼닛거리 마련하느라 산이나 들녘으로 쏘다녔다. 어린 자식 굶기지 않으려고 아등바등하던 어머니 얼굴에는 늘 부황(浮黃)이 나 있었다. 불과 삼사십 년 전 우리 부모님들은 이렇게 고된 삶을 이어 왔다. 아무리 먹을 것이 풍족하고 달콤한 인스턴트 식품에 길든 젊은 세대이지만, 늙은 부모님의 정성이 담긴 쑥떡을 쓰레기장에 그냥 버리다니. 벌어진 입이 다물어지지 않는다.

문득 지난해 금메달을 딴 양학선 체조선수가 생각난다. '도마의 신기(神技)'라 불리는 양 선수 부모는 비닐하우스를 개조한 집에서 살고 있다. 미장 기술자였던 양 선수 아버지가 수년 전 어깨를 다쳐 일을 못 하자, 도회지에서 산골 마을로 이사를 왔다. 양 선수는 효자다. 태릉선수촌에서 하루 4만 원씩 받는 훈련비를 모아 하우스 단칸방에 사는 부모에게 매달 80만 원씩 보냈다고 했다. 이십대 초반의 젊디젊은 나이에 그런 효심이 있다니. 지옥 같은 훈련을 받으면서도 고향의 부모님을 생각하다니. 지금 생각해도 눈물이 난다. 양 선수의 금메달이 확정되던 날, TV 앞에서 덩실덩실 춤을 추고 있는 양 선수 어머니에게 기자가 마이크를 들이댄다.

"아들이 오면 제일 먼저 해 주고 싶은 것은?"

"아들에게 뭘 먹일까. ○○○라면입니다."

울면서 대답했다. 고기도 아니고 그 흔한 라면이라니.

쓰레기장에 버려진 저 쑥떡. 얼마 전까지만 해도 시골집 툇마루에서 할머니의 사랑을 듬뿍 받던 쑥떡일 게다. 그 가파른 보릿고개를 넘어 본 사람이라면, 라면을 아들에게 먹이고 싶다는 양 선수의 어머니라면, 감히 쑥떡을 버릴 생각이나 했을까. 시골 부모님의 살뜰한 정을 쓰레기장에 내다버린 어느 젊은 새댁도, 양 선수 어머니의 울음 섞인 '○○○라면' 소리를 들었을까. 쓰레기장에 버려진 저 쑥떡이 참 슬퍼 보인다.

제 5 부
산골 아이들

어느 책에선가 '인생시계' 라는 글을 본 적이 있다.
사람이 태어나서 죽을 때까지를 24시간에 비유하고,
한국인의 평균 수명이 80세쯤 된다 치면
올해 예순 중반인 나는 하루 중 몇 시에 해당하는 걸까?
대략 저녁 7시가 조금 넘는다는 계산이 나온다.
열 살이 넘어서야 기차를 처음 봤던 산골 아이들.
그들도 저 비스듬히 누운 햇살처럼
가벼운 몸피에다 얼굴에는 저녁 7시의 그늘이 씌어 있을 게다.
다들 어디에서 정붙이며 살고 있는지.
오늘따라 가슴 저리게 보고 싶다.

산골 아이들

허리 구부정한 촌부가 저녁노을을 등에 업은 채 피사리를 하고 있다. 바지춤까지 자란 벼포기 사이를 돌아다니며 피를 뽑는다. 불과 달포 전만 해도 연둣빛이던 들녘이 진초록 옷으로 갈아입었다. 저 멀리 완행열차가 들판을 가로질러 간다.

기차를 처음 본 건 초등학교 5학년 때였다. 앞뒷산이 등을 맞대고 있는 산골 아이들에게 비행기는 볼 수 있어도 기차는 그림이나 사진으로밖에 볼 수 없었다.

그날은 백일장이 열리는 김천으로 가기 위하여 뒷집 사는 기석이와 아침 일찍 집을 나섰다. 교내 백일장에 써낸 작문이 장원으로 뽑혀 학교 대표로 가는 날이었다. 여학생도 네댓 명이나 되었다. 가방을 둘러메고 집에서 시오리 떨어진 삼거리 정류소에서 버스를 기다렸다. 한참을 기다려도 버스는 오지 않았다. 그 흔한 시계조차 귀하던 때라 배꼽시계나 해시계로 버스 도착 시각을 대중하던 시절이었다. 가끔 플라타너스 가로수가 열병식하는 군인처럼 줄지어 서 있는 신작로를 따라 트럭이 가고 있었다. 흙먼지도 트럭을 뒤따라갔다.

드디어 저 멀리 고물버스가 드르릉드르릉 해수병 앓는 소리를 내며 다가왔다. 파란 제복에 앳된 얼굴의 차장(안내양)이 문을 열어 주었다. 맨 뒷자리에 앉아 있는 숙이가 손을 번쩍 들며 옆자리에 앉으라고 했다. 같은 반 여학생 숙이도 오늘 백일장에 같이 가기로 되어 있다. 시를 쓴다는 숙이. 단발머리에 얼굴이 갸름한 그녀를 보니 괜히 가슴이 콩닥거렸다.

덜컹거리는 버스를 타고 두어 시간 가니 김천 시가지가 눈에 들어왔다. 난생처음 이렇게 멀리 오기는 처음이었다. 기껏해야 아버지를 따라 집에서 삼십 리 정도 떨어진 고령장에 가 본 것이 고작이었다. 그때였다. 누군가 "기차다"라는 고함이 들렸다. 너도나도 창문 밖으로 고개를 돌렸다. '철커덕 철커덕' 시커먼 기차가 스멀스멀 다가왔다. 길이가 엄청나게 길었다. 꽥 소리까지 지르며 달려오고 있었다. 기차 위 화통에는 흰색 연기가 솟아올랐다. 신기했다. 저게 기차구나. 벌어진 입이 다물어지지 않았다. 모두 저만치 멀어져 가는 기차 꼬리에 눈을 뗄 줄 몰랐다.

꽥, 들판 너머로 경부선 열차가 지나간다. 벼포기 사이를 경중경중 다니던 백로 한 마리가 기차 고함에 놀라 날아오른다. 뇌리 속을 유영하던 추억 한 자락도 백로를 따라가 버린다.

시계를 보니 오후 7시, 햇살이 산자락을 베고 비스듬히 누웠다. 산그림자도 마을 언저리에서 서성거린다. 오전만 해도 발정 난 삽사리처럼 기운이 펄펄하던 햇살이 산을 넘고 강을 건너오느라 진이 다 빠진 모양이다.

어느 책에선가 '인생시계'라는 글을 본 적이 있다. 사람이 태어나서 죽을 때까지를 24시간에 비유하고, 한국인의 평균 수명이 80세쯤 된다 치면 올해 예순 중반인 나는 하루 중 몇 시에 해당하는 걸까? 대략 저녁 7시가 조금 넘는다는 계산이 나온다.

열 살이 넘어서야 기차를 처음 봤던 산골 아이들. 그들도 저 비스듬히 누운 햇살처럼 가벼운 몸피에다 얼굴에는 저녁 7시의 그늘이 씌어 있을 게다. 다들 어디에서 정붙이며 살고 있는지. 오늘따라 가슴 저리게 보고 싶다.

구년묵이 그 친구

"야 이놈아, 와 인제 오노."

"……"

"옆집 '식'이 좀 보거레이 며칠 전부터 안 왔나."

장죽(長竹)에 담배를 재우고 있는 아버지 손이 파르르 떤다.

새마을 노래가 유난을 떨던 그해 추석날 아침, 아버지로부터 눈물이 나도록 꾸중을 들은 것은 양복쟁이 식이 때문이기도 했다. 사립문을 마주하고 있는 옆집 식이는 꺼먼 양복을 쭉빼입고 일찌감치 추석을 쇠러 왔건만, 공무원이라는 당신 아들은 추석날 아침에야 나타났다. 머리에는 포마드를 반지르르하게 바르고 가방 한가득 선물을 들고 온 식이와는 달리 허름한 잠바 차림에다 달랑 정종 한 병을 들고 왔으니 말이다.

나 또한 추석 며칠 전부터 걱정하지 않은 건 아니었다. 그러나 어쩔 수가 없었다. 이제 스무 살 갓 넘긴 풋총각에다, 직장에서 제일 막내이다 보니 추석 안날 숙직은 나 같은 애송이들이 도맡아 놓고 해오던 게 관행이었다. 그렇다고 한 성질하는 아버지께 속사정을 고주알미주알 털어놓을 수도 없었다. 그냥 당하는 게 상책이었다. 어험, 아버지가 헛기침을 한번 하더니 사랑방으로 들어가 버린다. 꽝 창호 문 닫는 소리가 여느 때보다 크게 들렸다.

오늘 오후이다. TV 드라마 재방송을 보며 깔깔대던 아내가 느닷없이 대신동 시장에 가잔다. 직장에서 은퇴한 뒤로 걸핏하면 재래시장에 들르는 병 아닌 병이 들었던 터라 속으로 쾌재를 불렀다.

시장 골목을 눈요기하며 지나가는데, 웬 중늙은이가 허름한 가게 앞에 서서 나를 빤히 쳐다본다. 가느다란 담배 한 개비를 꼬나물고서.

"너 짱구 맞지?"

"나 모르겠나. 옆집 살던 식이야."

두 손을 불쑥 잡는 얼굴을 자세히 보니 그 옛날 옆집 살던 양복쟁이 식이다. 어느 해 추석 날 그 사건 이후로 이렇게 얼굴을 대면하기는 처음이다. 햇수로 따져보니 사십 년이 넘었다.

그런데 이 친구, 머뭇머뭇하더니 손가락으로 가리키는 이 점포가 자기 가게란다. 가게 모양새가 말이 아니다. 때에 전

시멘트 벽돌에 '00라사(羅絲)'라고 검정 페인트로 쓴 글씨가 '00다사'로 보인다. 글자 획이 하나 떨어져 나갔다. 전화번호도 '00-0000'이다. 앞자리 번호가 두 자리 숫자이다. 들어가는 미닫이문 또한 드르륵 늙은이 가래 끓는 소리를 낸다.

가게 안으로 들어서니 이건 더하다. 흑백 영화 속에서나 볼 법한 풍경이다. 녹슨 연탄난로 옆에는 고물 선풍기가 숨을 헐떡이며 돌아간다. 철제 선반에는 아무렇게나 걸친 양복 원단이 축 늘어져 있고, 손때 묻어 반질반질한 재봉틀 옆에는 각자, 줄자, 곡자가 널브러져 있다. 소파도 색이 바래었다. 가게 한쪽 구석빼기 탁자 위에는 화투가 놓였다. 심심하면 한판 벌이는 모양이다. 담배 냄새 또한 진동한다.

그러고 보니 친구 머리숱도 허옇게 세었고 이마에는 골이 패었다. 양복점 주인답지 않게 입성마저 추레하다. 까만 양복에 반질반질 광나는 구두를 신고 동네골목을 휘젓고 다니던 그때 모습은 어디로 가버렸는지.

엉거주춤 의자에 앉아 있는 우리 내외를 힐끔 쳐다보더니 술이나 한잔 하자며 길 건너 국밥집을 가리킨다. 식당 문을 열고 들어서니 주모가 앞치마에 손을 닦으며 눈인사를 한다. 나무의자에 걸터앉아 막걸리를 청하자 술국도 따라 나온다. 출출하던 터라 몇 잔을 들이켜니 금방 취기가 돈다. 불그레해져 가는 얼굴 색깔에 비례하여 친구의 목소리 톤도 높아 간다.

"야, 짱구 너 참 오랜만이데이."로 시작된 사설이 길다.

아들딸 육 남매 중 셋째인 식이는 초등학교만 마치고 집을 뛰쳐나왔다. 도회지로 나와서는 어찌어찌해서 먼 친척뻘 아저씨 양복점에 취직한 모양이다. 온갖 잔심부름부터 시작한 양복점 점원 생활, 이루 말로 다 표현할 수 없을 정도로 고생했다고 한다. 한겨울 살을 에는 추운 날씨에도 담요 한 장으로 겨울을 나기도 하고, 아침 한 끼쯤 굶는 건 예사였다며 눈시울을 붉힌다. 마름질 기술이라도 배울라치면 왜 그리도 구박하던지, 지금 생각해도 몸서리가 쳐진다며 고개를 절레절레 흔든다. 그러나 눈썰미 하나는 좋았던 모양이다. 어깨너머로, 주인의 지청구를 들어가며 배우고 익힌 양복 기술이 남보다는 한발 앞서 갔단다. '솜씨 좋은 양복쟁이'라고 입소문을 타서인지 한때는 꽤 돈을 벌었다고 한다. 잘 나갈 때에는 한 달에 수백 벌씩 주문이 들어와 밤을 샌 적도 있었는데, "그놈의 자식들이 웬수이지."라며 연신 막걸릿잔을 비운다.

그러던 것이 언제부터인가 기성복이 나타나면서 맞춤 양복점도 쇠락의 길을 걷기 시작했다. 지금은 어쩌다 한 번씩 주문이 들어온다고 한다. 옷 수선을 주로 한다며 머리를 긁적거리는 친구의 머리숱이 더욱 허옇게 보인다.

주모가 고기 몇 점을 넣은 국물 한 그릇을 슬며시 놓고 간다. 미안해 할까 봐 눈조차 마주치지 않는다.

"아이고, 인정 많은 저 할매"

막걸리 한 잔을 들이켠 친구가 손마디로 입을 쓱 닦으며 중얼거린다. 이 장터 바닥에서 늙어간 할머니란다.

어스름이 끼기 시작할 때부터 시작한 술자리가 밤이 이슥해서야 끝이 났다. 어깨를 잔뜩 웅크린 채 시장 골목길을 걸어가고 있는 친구의 다리가 풀렸다. 한참을 비틀비틀 걸어가다가 뒤돌아보더니 씽긋 웃는다. 그의 어깨 위에는 고향의 솔바람이 흙냄새가 묻어 있다. 저 친구나 나나 산골 마을 태생은 속이지 못하는가 보다.

'그래 양복쟁이 친구야, 아니 구년묵이 친구야, 조심해서 잘 가거레이. 반질반질하던 그때보다 지금이 나는 더 좋다.'

보리 까끄라기

어쩜 이렇게 변할 수 있단 말인가.

땟국이 줄줄 흐르던 시멘트 다릿발 벽면이 훤하다. 취객들이 지린 오줌 내음으로 코를 움켜쥐고 지나다니던 백옥교 지하 통로에 작은 미술관이 생겼다. 교각 벽면에 그려 놓은 벽화가 얼핏 보아도 열대여섯 점은 좋이 된다. 이중섭의 〈황소〉, 박수근의 〈나무와 두 여인〉, 레오나르도 다빈치의 〈모나리자〉 등 이름만 들어도 금방 알 수 있는 국내외 화가들 작품이다. 백옥교(白玉橋), 이제야 '빛깔이 하얀 구슬 다리'라는 이름값을 하는 걸까.

벽면 맨 끄트머리, 김홍도의 풍속화 한 점이 눈에 띈다. 농부 대여섯 사람이 나무둥치에 볏단을 쳐서 알곡을 털어내는 장면을 그렸다. 다른 그림은 대충 훑어만 보던 아내도 김홍도의 〈벼 타작〉 앞에서는 떠날 줄 모른다. 그림 속 일꾼들의 입성이 추레하다. 입을 옷이 없는지, 고된 노동에 더워서인지, 대충 걸친 적삼 사이로 배꼽이 훤히 보인다. 까딱 잘못하다가는 허리띠 아래 불거웃이 보일까 봐 걱정스러운 마음까지 든다.

"참 오지랖 넓은 양반, 별 걱정을 다 하네."

깔깔 웃는 아내 얼굴에는 오뉴월 보리 까끄라기 같은 잔주름이 잡혔다.

일꾼들이 땀을 뻘뻘 흘리며 타작하는 마당 한쪽 옆에는 지주인 듯, 젊은 사람이 담뱃대를 문채 비스듬히 누웠다. 두루마기 차림에 갓까지 쓰고 타작하는 모습을 지켜본다. 아무리 땅 주인이라지만.

다릿발 건너 냇가 둔치에는 관상용으로 심어 놓은 보리가 누렇게 익어간다. 벼는 익을수록 고개를 숙이지만 보리는 익어도 고개를 숙이지 않는다. 자존심이 센 녀석인가. 꼭지가 덜 떨어진 녀석인가.

유년 시절 이맘때이면 고향 마을에는 집집이 보리타작하느라 도리깨질 소리가 요란하였다. 그 넘기 힘들다는 보릿고개를 넘느라 부황 든 얼굴에도 타작하는 날이면 생기가 돌았다. 보리타작은 혼자서는 작업 능률이 오르지 않는다. 동네 사람 서너 명이 품앗이로 돌아가면서 한다. 한 사람이 도리깨로 '얼씨구'하며 보리 뭉텅이를 밀어 넣어주면, 나머지 두어 사람은 '좋다'라며 내리친다. 해가 중천에 떠오르고 보리 까끄라기가 일꾼들 얼굴에도, 삼베 적삼에도 하얗게 내려앉을 때이면 평상에는 새참 국수 그릇과 농주 한 주전자가 놓였다.

"먹고 하세."

막걸리 한 사발을 막 들이켠 후 마디 굵은 손가락으로 입을 쓱 문지를 때였다.

"어험 어험"

헛기침 소리가 났다. 돌아보니 손에 장죽을 쥔 광수 할아버지가 걸어오고 있었다. 모두 벌떡 일어서서 허리 굽혀 인사를 했다. 할아버지는 여름이면 하얀 모시 적삼을 입고 뒷짐을 진채 동네 골목을 어슬렁어슬렁 돌아다녔다. 막걸리를 많이 드신 탓인지 툭 튀어나온 눈알은 늘 벌겋게 물이 들었다. 우리 꼬맹이들 사이에는 '빨갱이 할배'로 통했다.

빨갱이 할아버지, 짜기로 소문이 난 지주였다. 앞들 논 대부분이 할아버지 논이었다. 스무남은 집 되는 동네 사람들은 이 할아버지의 논밭을 소작하지 않는 이가 없었다. 모두 그 노인 앞에서는 쩔쩔맸다. 지주 눈 밖에 나면 소작논 한 마지기조차 얻어걸리기가 힘들기 때문이었다. 그래서인지 빨갱이 할아버지는 소작농을 머슴이나 하인 취급을 했다. 그래도 누구 한 사람 대놓고 바른말 하는 사람이 없었다. 소작료라도 올리면 눈알 초롱초롱한 어린 자식들 배라도 곯을까 봐….

아버지가 막걸리 한 잔을 빨갱이 할아버지에게 권한다.

"으흠 막걸리 맛이 참 좋네. 타작 잘하게."

할아버지가 고샅길 속으로 사라지자 한 성질하는 뒷집 당숙이 한마디 내뱉는다.

"왕소금 같은 저 영감탱이, 막걸리 얻어 먹으러 다니는구먼."

보리 까끄라기를 흠뻑 뒤집어쓴 아버지도 무언중에 고개를 끄덕였다.

심술쟁이 바람 한 자락이 누런 보릿대를 훑고 지나간다. 아내가 옆구리를 쿡 지르자 퍼뜩 정신이 든다.

"어두워지기 전에 집으로 갑시다."

그래 맞아. 일평생 목에 걸린 보리 까끄라기 같은 자식들 때문에 맘 편히 쉬지도 못하던 아버지였지.

'아배요, 저 세상에서는 방귀 풍풍 나는 보리밥이라도 많이 들고 계시겠지요.'

이 가난한 11월

11월 끝자락이다.

발톱 빠진 고양이처럼 살그머니 왔던 가을이 그새 훌쩍 떠나 버렸다. 그냥 가기가 미안했던지 형형색색의 나뭇잎을 흩뿌려놓고 갔다. 계절이 사립문을 열고 겨울집 안으로 들어선다. 낙엽을 밟으며 산길을 걸어본다.

산 오름 길섶에는 나목(裸木)들이 아침 햇살에 몸을 뒤척이고 있다. 찬바람이 물기 빠진 나무 이파리를 건드리며 돌아다닌다. 저 멀리 앙상한 나무 사이로 산꼭대기가 희미하게 모습을 드러낸다. 녹음 우거진 지난여름에는 보이지 않던 산정상이다. 겨울은 모든 것을 본래 자리로 되돌려 놓는 모양이다. 나무는 나무대로, 산은 산대로. 거기에 묻혀 사는 인간들의 마음까지도 맨 마음으로 돌려놓는 것 같다.

홀러덩 벗겨진 11월의 저 산과 들녘, 인생으로 치면 중년을 지나 노년으로 접어든 시기일 게다. 화려한 봄꽃을 피워 내던 이삼십 대, 무성한 나무 이파리 같은 사십 대, 울긋불긋한 단풍잎을 닮은 오십 대를 지나면 토실한 알갱이 하나 없는 육십 대가 기다리고 있다. 저 휑댕그렁한 들녘처럼 텅텅 비어가는 상실의 계절인 11월은 육십 대가 아닐까.

6·25 전쟁둥이인 나는 가난한 농부 집안에 오 남매 맏이로 태어났다. 그 시절은 다들 못 살았다. 쌀밥은 고사하고 보리밥도 삼시 세끼 제대로 먹지 못했다. 어렵사리 고등학교를 졸업하고 어찌어찌하다 공무원 시험에 합격하여 이십 대 초반, 동해안 바닷가 우체국에 발령을 받았다. 스물아홉 살 되던 해에는 의성 산골 처녀와 중매로 결혼했다. 단칸 셋방에 살면서도 추운 겨울날 아랫목에 묻어 두었던 밥 한 그릇을 시래기 된장국에 말아 먹는 재미에 우리 부부는 마냥 행복했다. 몇 푼 되지 않은 월급을 싯누런 봉투에 담아 아내 손에 쥐어 주는 날 저녁 밥상에는 고깃국도 나왔다. 그때가 새순이 돋는 내 인생의 봄날이었으리라.

결혼 이듬해에는 떡두꺼비 같은 아들이 태어났다. 이사도 여러번 다녔다. 방 한 칸짜리 사글셋집에서 두 칸 전셋집으로, 한 네댓 번이나 옮겨 다니다 결혼 8년 만에 대도시 변두리 콧구멍 만한 아파트를 분양받았다. 난생 처음 내집을 마련

한 셈이다. 이삿짐을 옮기고 난 그날 저녁에는 잠이 오지 않았다. 이사 하느라 점심을 걸렀는데도 배고픈 줄 몰랐다. 두 살, 네 살짜리 젖먹이 때문에 세를 놓을 수 없다는 어느 배불뚝이 아줌마의 차가운 말 한마디에 속울음을 삼킨 일이 주마등처럼 지나갔다.

그 집에서 자식들은 초등학교를 마쳤지만, 아내 성화에 못 이겨 여전히 이사는 다녔다. 전근도 잦았다. 대구에서 서울로, 서울에서 천안으로, 다시 지방 중소 도시로…. 다행히 짠순이 마누라 덕분에 아파트 평수는 넓혀졌다. 갈수록 직장 생활은 고되었다. 야근도 잦았다. 서울 광화문역에서 상계동 집으로 가는 지하철 막차를 놓치지 않으려고 헐레벌떡 뛰어다니는 날이 많았다. 그래도 그때는 자신감은 있었다. 열정도 뜨거웠다. 큰소리도 쳤다. 이파리 무성한 내 인생의 여름은 그렇게 지나갔다.

그러다 나이 쉰을 넘긴 어느 해부터인가 삐걱거리는 소리가 들리기 시작했다. 대학을 나온 이른바 '스펙'이 좋은 젊은 사람이 치고 올라오면서 나의 입지도 흔들렸다. '디지털'을 '돼지털'로 이해하는 세대라고 은근히 무시를 당하는 느낌이 들었다. 솔직히 자신감도 떨어졌다. 그럴수록 잔소리는 심해져 갔다. 복도나 길거리에서 만나면 직원들이 슬슬 피하는 눈치였다. 까맣던 머리도 희끗희끗해졌다. 몸 상태도 예전 같지 않았다. 새파랗던 나뭇잎이 가을이 되니 붉게 물이 들어가는 것처럼 내 인생도 어느 날부터인가 퇴색하기 시작했다.

그래도 겉으로 표시를 내지 않았다. 한 주일만 지나면 삐죽 올라오는 흰머리를 까맣게 염색하고 다녔다. 그러다 예순 문턱을 넘은 그해 어느 날, 사십 년 가까이 다녔던 직장 생활을 접었다. 직장에 몸 담고 있을 때에는 퇴직하면 자유 남자가 되는 줄 알았다. 꽉 조인 밧줄에서 풀리고 나면 욕심도 없어지고, 직장 일 때문에 받던 가슴앓이도 다 가실 줄 생각했다. 그러나 그게 아니었다. 욕심도 가슴앓이도 여전하다. 거기에다 외로움이라는 덤터기까지 씌워진다. 자주 칭얼대던 휴대전화도 울지 않는다. 예전에 살갑게 굴던 사람들이 이제는 나 몰라라 등을 돌린다. 학교 동창회에 나가 봐도 예전 같지 않다.

전국시대의 귀족 맹상군에게 신하 풍훤이 했다는 말이 생각난다.

"선생께서는 시장에 가보시지 않으셨습니까. 날이 밝을 때는 어떻게든 비집고 들어가려던 사람들이 저녁 때가 되면 뒤도 안 보고 빠져나옵니다. 사람들이 아침 시장을 편애하고 저녁 시장을 미워해서가 아니라 자기에게 필요한 물건이 다 팔리고 없기 때문입니다. 그러니 화내지 마십시오."

산에서 내려온다. 차가운 바람 한 자락이 나무의 맨살을 쓰다듬고 지나간다. 11월 겨울나무는 간소하다. 지난 한철 애면글면 지어온 양식을 모두 나눠주고 헐벗은 몸으로 서 있다.

법정 스님은 〈무소유〉에서 '빈 마음, 그것은 본마음이다. 무엇인가 채워져 있으면 본마음이 아니다. 텅 비우고 있어야 거기에 울림이 있으며, 울림이 있어야 삶이 신선하고 활기가 있다.'라고 했다.

그 말이 오늘따라 가슴에 와 닿는다. 마음을 비우면 속이 편하다. 비우는 건 마음 안에 자리잡은 헛된 욕망을 내려놓는 일 아닌가. 내려놓으면 저 헐벗은 나무처럼 가벼워질 것이다.

이 가난한 11월, 나도 헛된 욕망, 좀생이 같은 서운한 마음을 내려놓아야겠다. 아무것도 걸치지 않은 채 추운 겨울을 나는 저 나목(裸木)처럼.

민머리 묘지

    유년의 추억 더듬이를 곧추세우고 고향 마을 뒷산을 오른다. 별다른 목적이 있어서 이 험한 산을 오르는 것이 아니다. 그냥 올라간다. 군이 이유를 댄다면 가을빛 사위어가는 시월, 내 기억의 회로에 저장된 도돌이표 추억이 떼를 쓰기 때문이다.

    산 중턱에 다다르니 바위 두 개가 나타난다. 천둥 번개가 치던 날 밤, 널찍하던 바위가 벼락을 맞아 두 쪽으로 갈라졌다는 이야기가 전해 내려오는 벼락 바위이다. 어릴 적 잃어버린 목매기 송아지를 찾으려고 산속을 헤매다가 숨이 차면 이 바위에 앉았었다. 시커먼 땟자국을 빼고는 예나 지금이나 울퉁불퉁한 근육질 몸매는 그대로다. 바위에 걸터앉는다. 산골짜기를 타고 올라오는 갈바람 한 자락이 땀을 식혀준다. 시월 끝자락, 가을이 제법 깊었다. 온 산야가 붉게 타오르고 있다. 버려야 할 것이 무엇인지 아는 순간 나무는 가장 붉게 제 몸을 태운다. 불덩이를 삼킨 듯 내 가슴속에도 뜨거움이 번진다.

낙타 등같이 생긴 산등성이를 따라 한참을 더 오른다. 헉헉 물기 빠진 나무를 닮은 내 몸이 연신 가쁜 숨을 토해 낸다.

7부 능선쯤인가, 무덤 하나가 내 앞을 가로막는다. 그 옛날 우리 동네에서 제일 부자인 본동 어른 내외 묘지다. 한동네 살던 처녀 총각이 눈이 맞아 혼례를 올렸다고 택호(宅號)가 본동댁이다. 허름한 봉분에는 잔디 하나 살아 있지 않다. 묘지인지 흙무덤인지 구분이 안 된다. 묘 앞의 비석도 바로 서 있지 못하고 곧 넘어질 것 같다. 오랫동안 손 한번 보지 않고 그냥 내버려 둔 모양이다. 본동 어른 아들이 망했다는 말이 영 뜬소문은 아닌가 보다. 그 많은 땅을 팔아서 무슨 사업인가 벌였다가 IMF 위기 때 팍삭 말아먹었다는 소문이. 부자는 망해도 삼대는 간다는데…. 이런 속담도 농경사회에서만 통하던 말인가. 빠름 빠름을 외치는 디지털 시대에는 속담도 격언도 빠르게 변하는가 보다.

본동 어른, 그 양반은 어릴 적 우리 마을을 휘어잡던 지주였다. 마을 앞 널따란 알짜배기 논밭 대부분이 그분의 전답이었다. 스무남은 집 남짓한 동네 사람 대부분이 그 지주의 논이나 밭을 소작으로 부쳐 먹었다. 우리집도 예외는 아니었다.

땅 한 평 늘리기 힘든 산골 마을에 소작논이라도 없으면 밥 굶기 십상이다. 다들 본동 어른 앞에서는 쩔쩔맸다. 연세가 많은 어르신도 마찬가지였다.

사람에게 원초적인 본능은 먹고 자는 것이다. 무엇보다 배고픈 설움이 가장 크다. 가을걷이가 끝나는 지금쯤이면 동네 사람들의 한숨 소리가 여기저기서 들렸다. 소작료에다 지난봄 빌린 장리(長利) 쌀 갚고 나면 겨울 한철 나기도 힘들었기 때문이다.

초등학교 4학년 무렵이다. 하필 본동 어른 아들 식이와 한 책상을 쓰는 짝꿍이 되었다. 투박하게 각진 나무 책상을 두 사람이 같이 쓰다 보니 차지하려는 책상 넓이 때문에 종종 말다툼을 벌이곤 했다. 그날도 책상 영역 다툼이 있었다. 내 산수 수련장이 식이가 칼로 그어놓은 선을 넘어간 것이 화근이 되었다. 수업 끝나는 종소리 울리기가 무섭게 식이가 싸움을 걸어왔다. 덩치 큼지막한 식이가 내 다리를 걸어차더니 내 몸 위에 걸터앉아 두 손으로 목을 졸랐다. 숨이 콱 막혔다. 순간 있는 힘을 다해 식이 손을 이빨로 꽉 깨물어 버렸다. 아얏 비명과 함께 식이 손가락에서 피가 흘렀다. 벌떡 일어나 뭉툭한 식이 코에다 주먹을 날렸다. 코피가 주르륵 흘렀다. 그것으로 싸움은 끝이 났다.

문제는 그날 저녁에 일어났다. 여느 날처럼 소 먹이러 갔다가 땅거미가 내려앉을 무렵 집에 돌아오니 아버지 어깨가 축 처져 있었다. 낮에 학교에서 식이와 싸움한 걸 가지고 본동 어른이 아버지께 성질을 낸 모양이었다.

"소작농 아들 주제에, 우리 귀한 아들 손가락을 깨물다니. 농사지을 땅이라도 있는 모양이지."

그 소문은 삽시간에 온 동네에 퍼져 나갔다. 그 일이 있고 난 뒤부터는 식이에게 덤벼드는 친구가 없었다. 모두 식이 앞에서 주눅이 들었다. 가끔 책가방을 들어주는 친구도 있었다. 식이는 그것이 당연하다는 듯 기세등등했다.

"그 아버지에 그 아들이지 뭐. 하긴 꼬맹이가 뭘 알겠는가. 지 애비 하는 꼴을 보고 배우는 게지."

동네 아낙들의 수군거림이 마을 앞 우물터를 휘젓고 다녔다.

몇 해 후에 나는 학교를 졸업하고 고향을 떠났다. 산골 학교라 그런지 달랑 한 반, 50여 명 중 상급학교에 진학하는 학생은 손가락을 꼽을 정도였다. 대부분 도회지 공장에 취직하러 떠났다. 시골에서는 농사 외에 마땅히 벌어먹을 일터가 없었기 때문이기도 하지만 60, 70년대 산업화 바람도 한몫 거들었다. 모두 도시로 도시로 떠났다. 동네 앞 삼거리 정류장에는 눈물이 마를 새가 없었다. 떠나면서 울고 보내면서 울었다. 아는 사람이 없으면 친구 편지 한 장 달랑 들고 서울로 올라갔다. 도회지에서 가장 손쉽게 들어간 곳이 공장이었다. 이른바 공돌이고 공순이다. 아버지의 약값을, 동생들의 등록금을 대느라 정작 자신은 빵 한 조각으로 허기를 때웠다. 햇빛을 보지 못한 얼굴에는 핏기가 없었다. 사람들은 수돗물을 먹어서 얼굴이 뽀얘졌다고 했다. 생활이 고달플수록 고향이 그리웠다. 밤이면 부모님이 보고 싶어 머리를 고향 쪽으로 두고 새우잠을 잤다. 모두 배고픔이 서러워, 가난이 싫어 이를 악물었다.

그렇게 세월이 흘렀다. 강산이 서너 번 바뀌었다. 지금은 꽤 돈을 번 친구도 있다. 자식들을 번듯하게 잘 키워낸 친구도 여럿이다. 몇 해 전부터는 고향 친구들이 만나는 초등학교 동창 모임에도 자주 얼굴을 내민다. 그러나 그 옛날 지주의 아들 식이는 나오지 않는다. 망했다는 소식만 들릴 뿐이다.

묘지 아래 석축 틈에는 질경이가 지천이다. 지난여름 그 모진 태풍에도 꺾이지 않고 잘 자랐다. 가느다란 질경이 대궁에는 씨앗이 조롱조롱 매달려 있다. 질경이는 이렇게 척박한 돌틈에서도 잘 자라서 열매를 맺는다. 작은 키에 생긴 모양새는 보잘것없지만 질긴 식물이다.

남들에게 밟혀본 적 없는 식이. 지주라고 논 몇 마지기 소작 줬다고 마치 하인 부리듯 하던 그 아버지. 그런 아버지의 행태를 보고 자란 식이는 우리도 늘 자기에게 굽실굽실할 줄만 알았을 게다. 그 옛날 소작농의 아들딸들이 질경이처럼 모진 비바람에도 꺾이지 않고, 싹을 틔워 열매를 맺을 줄은 몰랐으리라.

산에서 내려온다. 한참을 걸어오다 뒤돌아보니 훌렁 벗겨진 봉분 위로 나뭇잎이 떨어지고 있다. 물기 빠진 낙엽이 민머리 묘지 위로 뚝뚝 힘없이 떨어지고 있다.

어처구니

영 뜬 소문만은 아닌 모양이다.

애면글면 공부시켜 놓은 자식들이 소식조차 없다는 소문이.

분이 엄마가 고향 마을 어귀 느티나무 아래 앉아 있다. 풀기 없는 눈으로 동구 밖을 멀거니 바라본다. 오지도 않는 자식들을 기다리는 건가. 주름진 얼굴에도 굽은 등허리에도 외로움이 잔뜩 묻었다. 젊었을 적에는 남정네 못지않게 그 힘든 농사일도 척척 잘도 하던 여장부였는데….

분이 엄마, 아니 연세가 아흔 가까이 되었으니 이제는 분이 어머니다. 어릴 적 분이네 와는 아래윗집으로 살았다. 어쩌다 색다른 음식이라도 생기면 담 너머로 주고받던 이웃사촌이었다. 더구나 그 집 셋째 딸내미인 분이는 나와 동갑내기 친구였다. 다가가서 인사를 해도 퍼뜩 알아보지 못한다. 머뭇머

못하며 삭정이 같은 손으로 메마른 눈가만 비벼댄다. 바짝 다가서서 큰소리로 인사를 하니 그제야 겨우 알아본다.

"니가 적송댁 아들이가?"

반가움이 얼굴에 가득하다. 불쑥 손을 잡더니 자기집으로 가잔다. '세월 이기는 장사 없다'는 말이 사람한테만 해당하는 게 아닌 모양이다. 집 꼴이 말이 아니다. 소 외양간과 디딜방아가 있던 아랫채는 흔적도 없이 사라졌다. 분이 할아버지 호통소리가 쩌렁쩌렁 울리던 사랑채도 지붕이 반쯤 내려앉았다.

다행히 분이 어머니가 거처하는 안채는 쓸 만하다. 마루며 방바닥이 반들반들하다. 워낙 부지런한 분이라 연세가 많아도 늘 쓸고 닦고 하는 모양이다. 대청마루 위 벽에는 파리똥 묻은 사진틀이 걸려 있다. 토끼 같은 손자들이 웃으며 내려보고 있다.

"저 손자들 언제 다녀갔어요?"

"……"

대답은 않고 휴 한숨만 쉰다.

장독대 옆 구석빼기에는 맷돌 하나가 웅크린 채 앉아 있다. 살짝곰보인 분이 얼굴 같은 맷돌에도 세월의 더께가 내려앉았다.

가을걷이가 얼추 끝나는 지금쯤이면 분이 어머니는 콩을

갈아 두부 만들기를 좋아했다. 밤새 불린 콩을 맷돌 옆으로 가져다 놓으면, 분이 아버지는 펑퍼짐한 숫 맷돌을 먼저 놓은 다음 뾰족하게 튀어나온 수쇠에 암 맷돌을 끼워 맞추었다. 맷돌을 사이에 두고 부부는 어처구니를 잡고 돌렸다. 조곤조곤 얘기하다가 뭐가 그리도 우스운지 깔깔거리는 소리가 담을 넘어가기도 했다. 속궁합 좋은 맷돌처럼 부부애가 남달랐다.

콩비지 한 사발에도 입이 함지박만하게 벌어지던 그 시절, 여자애들은 학교에 보내지 않았다. 분이 어머니 역시 학교 문턱에도 가보지 못했다. 어깨너머로 한글을 배워 겨우 이름 석 자는 쓸 줄 알았다. 배움에 한이 맺혔던지 자식들 공부 욕심은 남달랐다. 쪼들리는 살림에도 아들 둘은 번듯한 대도시 학교에 보냈다. 그 당시 시골에서 도회지로 유학 보내는 게 말처럼 쉽지 않았다. 한해 농사 수입으로는 어림도 없었다. 어떤 때에는 소도 내다 팔고, 전답 몇 뙈기도 팔아서 겨우 학비를 충당했다.

초등학교 6학년 겨울 방학 때이다. 그날은 중학교 입학원서를 쓰는 날이었다. 시골학교 2개 반 120여 명 남짓한 학생 중 상급 학교에 진학하는 사람은 채 서른 명도 되지 않았다. 더구나 여학생은 손가락을 꼽을 정도였다. 그날따라 분이 어깨가 축 처졌다. 평소에는 깔깔대며 잘도 웃던 분이가 검정 책보자기를 메고 고개를 푹 숙인채 혼자 터덜터덜 운동장을 걸어가고 있었다.

그날 저녁이다. 분이 어머니의 화가 머리끝까지 났다. 부엌문 여닫는 소리가 예사롭지 않았다. 들고 있던 소쿠리를 패대기치는가 싶더니 짜당 양재기 날아가는 소리도 들렸다.

"딸애는 자식이 아닌교. 아들만 자식이고."

이튿날 오후였다. 머리에 흰 수건을 동여매고 고무줄 바지를 입은 분이 어머니가 학교에 나타났다. 담임 선생님과 뭔가 얘기를 나누더니 입학원서에 이름을 쓰고 있었다. 그 이듬해 분이는 읍내 중학교에 들어갔다. 장학생이 되어 등록금 반만 내고 들어갔다. 생전 처음 입어보는 새까만 교복에 가죽 가방을 든 분이 얼굴이 빨갛게 물이 들었다. 나 또한 그 무렵 고향을 떠나왔다.

분이 어머니가 먹을거리 가득 담은 소반(小盤)을 들고 마루로 올라온다. 묵은 된장에다 고추며 시래기, 양파를 듬뿍 넣고 끓인 된장국이 뚝배기 한가득 담겼다. 삶은 고구마도 보인다. 장독 깊숙이 묻어둔 김치도 한 사발이나 된다. 거북이 등처럼 갈라진 당신 손으로 김치 한 잎을 뜯어주며 "어디 사느냐, 몇 남매를 두었느냐"라며 이것저것 캐묻는다. 사람이 그리운 모양이다. 종일 있어 봐야 살갑게 말 붙일 사람 하나 없는 적막한 산골이다 보니 그럴만도 하리라.

더구나 그 어려운 살림에 뼈가 으스러지도록 농사지어 공부시켜 놓은 자식들은 소식조차 없으니….

한참을 얘기하다 보니 그럭저럭 시간이 많이 흘렀다. 야윈 늦가을 햇살도 마을을 떠날 채비를 하고 있다. 아내가 그만 집으로 가자며 손을 잡아끈다.

"조심해서 가시게."

분이 어머니가 사립문 앞에 서서 손을 흔든다.

"저 할매 혼자서 우짜노. 자식들은 와 그렇노. 참 어처구니가 없네."

중얼거리는 아내의 눈에 이슬이 맺힌다.

내 인생 마지막 편지

- 국졸 누이, 오라버니가 미안하다

우연히 사진첩을 넘기다 네 사진을 보았어.

누렇게 빛바랜 흑백 사진이야. 하얀 저고리, 검정 치마 차림에 빡빡머리 막냇동생을 업고 있네. 사진 속에는 초가들이 등을 맞대고 있는 고향 마을도 보이고. 아마 네가 국민학교 다닐 때 찍은 사진인 것 같아.

네 나이 열세 살, 초등학교 6학년 때인가. 칼바람이 문풍지를 헤집고 들어오는 음력 동짓달 열이튿날 저녁, 어머니가 돌아가셨지. 오 남매나 되는 어린 자식들 놔두고 떠날 수 없었던지 하염없이 눈물만 흘리시다 스르르 눈을 감으셨어. 사진 속 막내가 겨우 세 살밖에 안 되었을 때였으니까, 벌써 사십 년이라는 세월이 훌쩍 지나가 버렸네. 너는 그때 "엄마, 어떻게 해."라며 큰 소리로 울자, 막냇동생도 누나 우는 소리에 놀라 '앙~' 하고 울더군. 그 젖먹이 동생을 네가 업어 키웠지. 겨우 열세 살밖에 안 된 아이가, 아이를 키운 셈이지. 오빠인 나는 고등학교에 다닌다고 대구로 가버리고…. 어디 막냇동생뿐인가. 초등학교 4학년, 2학년 동생도 네가 돌봤다. 아버지는 희붐한 새벽녘부터 논밭에 일하러 나가셨다가 어둠살이 내려야 집으로 돌아오기 때문에 자식들 돌볼 여력이 없었어. 꼬맹이인 네가 부엌일도 다 했다. 그을음 낀 부엌에서 솔가지로 아궁이에 불을 지펴 밥을 짓고, 반찬이라고는 무나 풋고추를 넣고 끓인 된장이 전부였어. 그나마 보리누름 무렵이면 꽁보리밥조차 먹지 못했던 날이 많았다. 얼굴에는 늘 하얀버짐이 피었고. 마르기는 왜 그리 바싹 말랐나.

너는 일찍 철이 들었는지, 동생을 돌보느라 몇 달 있으면 졸업하는 학교를 자주 빼먹어도 짜증 한번 내지 않았다. 결국 졸업식에도 참석 못 했다. 졸업장은 나중에 이웃집 숙이를 통해 받긴 했지만.

네가 초등학교를 졸업하고 두어 해 후인가, 새어머니가 들어오셨다. 김천 골목 시장 국밥집에서 허드렛일을 하셨다는 새어머니는 일찍 혼자되어서 그런지 외로움을 많이 탔었어. 평소에는 말도 없이 얌전하였지만 어쩌다 술이 한 잔 들어가면 신세타령으로 하루를 보냈지. 애들 밥 챙겨줄 생각은 아예 하지도 않고.

거기에다 너한테는 매를 드는 때도 있었다. 참다 못한 너는 어느 날 말도 없이 집을 나가버렸어. 뒷산에는 진달래가 흐드러지게 피고, 뻐꾸기가 몹시 울어 대던 날이지 아마. 어린 동생들을 놔두고 가는 네 마음이 어떠했는지는 짐작이 가고도 남아. 오빠인 나는 군에 있었으니 그 사실조차 몰랐다. 그 이듬해 봄인가, 휴가 때 대구 이종 누님댁에서 식모살이하는 너를 만났지. 내 앞에서 미안하다며 눈물을 흘리더군. 그 후 서울로 올라와 평화시장 봉제공장, 남대문시장 등지를 돌아다니다 마음씨 착한 매제 '유 서방'을 만나 결혼식도 올리지 않고 그냥 살았다. 늘 떠돌아다니는 객지 생활에 외롭다 보니 살갑게 구는 남자에게 마음이 끌렸던 모양이야. 면사포 한번 못 쓰고 시작한 결혼 생활. 아들딸 남매 낳고 알콩달콩 재미나게 살 줄 알았는데, 어느 날 유 서방이 간암으로 덜컥 가버렸네. 사람은 좋은 데 그놈의 술이 웬수였어. 네 팔자는 왜 그리도 험하냐.

그런 너에게 오라버니라는 사람은 따뜻한 위로의 말 한마디 건네지 못했다. 늘 무뚝뚝한 경상도 오빠일 뿐이었어. 속정만 있으면 뭣하나, 표현을 해야지. 지금도 명절이나 집안에 큰일이 있어 만나면 너는 내 눈치를 보는 것 같아.

오늘 아침, 박세현 시인이 쓴 '누이의 들판' 시 한 편을 읽으니 네 생각이 간절하더군.

들판 사이로 누이가 오고 있다.
- 중략 -
플라스틱 바가지에 풋고추와 상추를 담아든 누이가 오
고 있다.
국졸 누이의 눈에는 눈물이 없다.
들판 사이로 아득한 바람결 사이로.

동생 뒷바라지하느라 자신은 초등학교만 졸업한 어느 누이
의 이야기다. 플라스틱 바가지를 들고 들판 사이로 걸어오는
누이가 바로 너라는 생각에 나도 모르게 눈물이 나더군.

"미안하다. 누이야. 정말 미안하다."

면사포조차 씌어주지 못한 이 못난 오라버니가 이제는 '미
안하다.'는 말만 할 수밖에 없구나.

내 인생 후회되는 한 가지

- 불효자는 웁니다

햇수로 따져보니 30년이 넘었다.

82년 새해가 밝은지 채 한 달도 안 된 1월 하순, 고향 마을 친척 아저씨한테서 전화가 왔다. "자네 아버님이 돌아가셨네." 순간 눈앞이 빙그르르 돌고 어지러웠다. 15층짜리 사무실(체신부)건물이 기우뚱하는 느낌이 들었다. '아버지가 돌아가시다니, 아직 환갑도 되지 않은 연세인데.'

어릴 적 나는 아버지를 원망했다. 집안일은 나 몰라라 하며 늘 밖으로 나돌아다니는 아버지가 미웠다. 땅거미가 안마당에 내려앉는 저녁 무렵이면 아버지는 집을 나갔다. 그 시각 앞집 순이 아버지는 쇠꼴을 한 짐 지고 집으로 들어오지만, 아버지는 사립문을 열고 어둠 속으로 사라졌다. 앙다문 입이 마치 전쟁터에 나가는 병사 같았다. 부엌 솥에 보리쌀을 안치던 어머니가 소맷자락을 붙잡고 말려보았지만, 아버지는 뒤도 돌아보지 않고 종종걸음으로 사라졌다. 소문에는 삼거리 주막집에서 노름한다고 했다. 이튿날 새벽이면 아버지는 꾀죄죄한 차림에다 휑한 눈으로 돌아왔다. 옷에는 담배 냄새가 진동하였다. 밤을 꼬박 샜는지 집에 오자마자 코를 골며 온종일 주무셨다.

초등학교 5학년 때인가, 학교에서 돌아와 보니 이삿짐을 싸고 있었다. 새로 옮겨 갈 집은 동네 맨 끄트머리 찌그러진 초가집이었다. 그때까지 살던 번듯한 기와집은 노름빚 때문에 넘어갔다고 했다. 거기에다 엎친데 덮친 격으로 어머니 몸도 안 좋았다. 어린 시절 앓았던 천식이 도졌기 때문이다. 천식은 몸조리만 잘하면 나을 수 있는 병인데 오 남매나 되는 어린 자식 건사에다, 농사일 하느라 정작 당신 몸 하나 돌볼 여유가 없어서인지 낫지 않았다. 찬바람 부는 겨울철에는 콜록콜록 기침 소리가 받았다. 도회지 큰 병원에 한 번 가보지 못했다. 기껏해야 내〔川〕 건너 용하다는 한의원에 가서 침이나 맞았다. 그렇게 시난고난 앓다가 어머니 연세 마흔한 살에 돌아가셨다. 막내가 겨우 세 살 때였다. 애면글면 키운 어린 자식들 놔두고 갈 수 없었던지 하염없이 눈물만 흘리다 스르르 눈을 감았다.

"여보 내가 잘못했어요. 저 어린 것들 놔두고 가면 어떻게 해요."

상여가 나가던 날, 아버지는 황소울음 소리를 냈다. 처음 듣는 회한에 찬 목소리였다. 어머니가 돌아가시자 당신께서도 정신이 번쩍 나는지 마음잡고 농사를 지어봤지만 나락으로 떨어진 집안 형편이 금방 나아질 리 없었다. 한마디로 가랑이 찢어지게 가난하였다. 보리누름 무렵이면 굶는 날이 많았다.

형편이 이러하니 상급학교에 다닐 처지가 못 되었다. 어릴 적 나는 늘 그게 불만이었다. 왜 남들처럼 번듯한 집에서 교복 입고 학교에 다니지 못하는지. 중학교는 정식 인가가 나지 않은 고등공민학교에 다니면서 검정고시를 봤다. 고등학교는 그 당시 명문인 대구 D 공고 기계과에 합격은 했지만 돈이 없어 입학을 못했다. 입학금을 면제받는 J 상고 특설반에 장학생으로 들어갔다. 새벽이면 신문 배달로, 방과 후에는 초등학생 가정교사를 하면서 학교에 다녔지만 두 다리 뻗고 편히 잠을 잘 방 한 칸이 없었다. 천장 높이가 채 일 미터도 안되는 친척집 이 층 다락방에서 몸을 옹동그리며 잤다. 그나마 오래가지 못했다. 집을 수리한다고 쫓겨났다. 거처할 곳이 없어 친구들 자취방을 전전하다가 끝내 배움의 끈을 놓아 버렸다. 이게 모두 아버지 잘못이라 생각했다. 어머니가 돌아가신 것도 아버지 탓이라고 원망했다. 꼬맹이 때에는 회초리로 종아리를 때리던 아버지이지만, 당신 잘못을 아는지 꾸지람 한 번 하지 않았다. 그러던 어느 날 나는 말도 없이 집을 나왔다. 낮에는 대구 서문시장 양말 공장에서 막일하고, 밤에는 공무원 시험 입시 학원에 다녔다. 남들 다 가는 설·추석 명절에도 집에 가지 않았다.

"이놈의 집구석 가나 봐라."

한 삼 년 내리 발길을 끊다가 열여덟 살 되던 해 섣달 그믐날 집으로 내려갔다. 마당에 들어서자 멀뚱히 바라만 보던 아버지. 아무 말이 없었다.

그 뒤 나는 공무원 시험에 합격, 체신부로 추천받아 우체국에 근무하였다. 매달 받는 봉급을 쪼개어 저축했다. 형편이 조금씩 나아져 갔다. 가끔은 고향에 계신 아버지가 보고 싶었다. 왜 그렇게 아버지를 원망했는지 후회도 되었다. 세월이 흘러 결혼하고 자식을 낳아 키우다 보니 늘 축 처져 있던 아버지의 어깨가 눈에 보이기도 했다. 아내까지 먼저 떠나 보낸 남편으로서의 죄책감과 허무함으로 마음고생을 많이 하셨으리라는 생각에 이르자 눈물이 날 때도 있었다. 언젠가는 아버지를 모시리라 마음먹었다. 그러나 마음뿐 단칸 셋방살이라 어려웠다. 그러던 차에 아버지가 별세했다는 연락이 온 것이었다. 음력 섣달 스무이렛날 대목장에 다녀오다가 뇌졸중으로 돌아가셨다. 설 쇠러 오는 아들 내외와 손자 설빔을 마련하느라.

아버지 장례를 마치고 난 뒤 동네 사람들한테 들은 얘기이
다. 집과는 소식조차 끊고 지내던 사춘기 시절, 아버지는 설
하루 전이면 늘 삽짝 문 앞에서 아들을 기다렸다고 했다. 엄
동설한 칼바람 부는데도 두어 시간을 버스 정류소만 바라보
면서.

내 나이 올해 예순넷이다. 눈에 넣어도 아프지 않을 손주도
봤다. 그때 왜 아버지를 그토록 원망했는지. 따뜻한 말 한마
디 건네지 못했는지. 그런 아들한테 꾸중조차 못 하던 아버
지. 가슴에 맺힌 멍울은 얼마나 컸을까. 후회된다.

TV에서 송해 씨가 '불효자는 웁니다.'를 부르고 있다.

"…불초한 이 자식은 생전에 지은 죄를 엎드려 빕니다."

나도 모르게 눈물이 뚝뚝 떨어진다.

잉걸불

지은이 _ 김성한

초판 2쇄 발행 _ 2014년 2월 10일

펴낸곳 _ 수필미학사
펴낸이 _ 신중현

등록번호 _ 제25100-2013-000025호
등록일자 _ 2013. 9. 2.

대구광역시 달서구 문화회관11안길 22-1(장동) 출판산업단지 9B 7L
전화 _ (053) 554-3431, 3432 팩시밀리 _ (053) 554-3433
홈페이지 _ http://www.학이사.kr
이메일 _ hes3431@naver.com

ISBN _ 979-11-951489-1-2   03810

※ 수필미학사는 도서출판 학이사의 수필 전문 자매회사입니다.